ハヤカワ・ミステリ文庫

〈HM462-4〉

ザ・チェーン　連鎖誘拐

〔上〕

エイドリアン・マッキンティ

鈴木 恵訳

早川書房

8479

THE CHAIN
by
Adrian McKinty

Translated by
Megumi Suzuki
First published 2020 in Japan by
HAYAKAWA PUBLISHING, INC.
This book is published in Japan by
arrangement with
LITTLE, BROWN AND COMPANY
NEW YORK, NEW YORK, U.S.A.
through TUTTLE-MORI AGENCY, INC., TOKYO.

ものごとを悲観的に見て、この世を一種の地獄だと見なすことには、それなりの知恵がある。

アルトゥール・ショーペンハウアー
『余録と補遺』一八五一

その鎖は断ち切れない。

スティーヴィー・ニックス
〈ザ・チェーン〉(オリジナル・デモ)一九七六

ザ・チェーン　連鎖誘拐〔上〕

登場人物

レイチェル・クライン……………………シングル・マザー
カイリー……………………………………レイチェルの娘
スチュアート………………………………カイリーの友人
マーティ・オニール………………………レイチェルの元夫。弁護士
ピート………………………………………マーティの兄。元軍人
タミー………………………………………マーティのガールフレンド
トビー・ダンリーヴィ……………………12歳の少年
アミーリア…………………………………トビーの妹
マイク………………………………………トビーの父
ヘレン………………………………………トビーの母

第一部　行方不明の少女たち

1

木曜日、午前七時五十五分

バス停に腰をおろして自分のインスタグラムの〝いいね〟をチェックしていたので、銃を持った男に気づいたときには、男はもうほとんどカイリーの横まで来ている。

学校鞄を放り出して湿地へ逃げられるかもしれない。こっちは十三歳のすばしこい女子だし、プラム島の沼沢地や流砂なら残らず知っている。朝の海霧も出ているし、男は太っていて鈍くさそうだ。追いかけてくれば人目を引くし、八時のスクールバスが来る前には絶対に諦めるだろう。

それだけのことが一秒のあいだに頭を駆けぬける。

男はもう真ん前に立っている。黒いスキーマスクをかぶり、銃をカイリーの胸に向けている。カイリーははっと息を呑んで携帯を落っことす。どう考えても冗談や悪ふざけではない。もう十一月なのだから。ハロウィーン（十月三十一日）は一週間前に終わっている。

「これが何かわかるか？」男は訊く。

「銃」とカイリーは言う。

「きみの胸に向けられた銃だ。叫んだり、暴れたり、逃げようとしたりしたら、撃つぞ。わかったか？」

カイリーはうなずく。

「ようし。じゃ、おとなしくしてるんだ。この目隠しをつけろ。きみのお母さんがこれから二十四時間以内にすることが、きみの生死を分けることになる。きみを解放するときに……解放するとしたら、こちらの顔を憶えられていちゃ困るからね」

カイリーは震えながら、パッドのはいった伸縮性のあるその目隠しをつける。

一台の車が前に停まり、ドアがあく。

「乗るんだ。頭をぶつけないようにして」男は言う。

カイリーは手探りで車に乗りこむ。ドアが閉まる。心が千々に乱れる。乗ってはいけないことはわかっている。乗ってしまっている。女の子はみんなそうやっていなくなる。そうやって毎日いなくなっている。乗ってしまったらおしまいだ。乗ってしまったら、永遠に見つからない。乗っちゃだめ、身を翻して逃げなきゃ。逃げろ、逃げろ。

もう遅い。

「シートベルトを締めてやって」運転席から女の声がする。

カイリーは目隠しをしたまま泣きだす。

男が後部席のカイリーの横に乗りこんできて、カイリーにシートベルトを装着する。

「頼むからおとなしくしててくれよ。痛い目に遭わせたくはないんだ」

「何かのまちがいだよこれ」とカイリーは言う。「ママはお金なんか持ってない。新しい仕事はまだ始めてないし――」

「黙らせて！」運転席の女がさえぎる。

「お金の問題じゃないんだ、カイリー」と男が言う。「とにかくしゃべらないで。いいね？」

車は砂と小石をばらばらと巻きあげて急発進し、猛然と加速してギアを上げていく。プラム島橋を渡るのが音でわかり、スクールバスの喘息(ぜんそく)にかかったようなうなりとすれちがうのが聞こえて、カイリーは顔をしかめる。

「ゆっくり行け」と男が言う。

ドアが自動でロックされ、カイリーはチャンスを逃したことを悟る。シートベルトをはずし、ドアをあけて転がり出ることもできたのに。やみくもな恐怖が襲ってくる。「どうしてこんなこととするの？」と泣き声で言う。

「なんと言ってやればいいんだ？」男は訊く。

「何も言わないで。静かにさせて」女は答える。

「カイリー、しゃべっちゃだめだ」男は言う。

車は猛スピードで走っている。たぶんニューベリーポートの近くのウォーター通りだろう。カイリーは意識的に深呼吸をする。学校の瞑想(マインドフルネス)の授業でカウンセラーがやってみせたように、吸って吐いて、吸って吐いてと。生きていたければ、あわてないで注意を凝らしていなくては。彼女は八年生の特別進級クラスにいる。みんなから頭がいいと言われている。冷静になってまわりのことによく気をつけていて、チャンスが来たらそれを活かすべし。

あのオーストリアの子は無事だったし、クリーヴランドの子たちもそうだった。それに、十四歳のときに誘拐されたあのモルモン教徒の子がインタビューに答えるのも、《グッド・モーニング・アメリカ》で見た。あの子たちはみんな助かった。みんな運がよかった。でも、たぶん運だけじゃないだろう。

息が止まりそうな恐怖の波をまたひとつこらえる。

車がニューベリーポートの一号線の橋にさしかかる音がする。メリマック川を渡ってニューハンプシャー方面へ行こうとしているのだ。

「そんなにスピードを出すな」と男が低い声で言う。車は数分間ゆっくりと走るが、また徐々にスピードを上げはじめる。

カイリーは母親のことを考える。今朝は癌の先生に診てもらうためにボストンへ出かけている。かわいそうに、こんなことがあったら——

「ああ、まずい」運転している女が突然、おびえたように言う。

「どうした?」男が訊く。

「いま州境でパトロールカーが待ちかまえてた」

「だいじょうぶ、きみは制限速度で……ああ、やばい、ライトを点けて追いかけてくる」と男は言う。「停まれと言ってる。スピードを出しすぎたんだ! 停まらないと」

「わかってる」女は答える。

「だいじょうぶだよ。誰もまだこの車に盗難届なんか出しちゃいないさ。ボストンのあの横町に何週間もあったんだから」

「やばいのは車じゃなくて、その子。銃を貸して」

「何をするつもりだ?」

「あたしたちに何ができる?」

「言い逃れできるよ」男は言い張る。

「誘拐されて目隠しをされた子が後ろに乗ってるのに?」

「この子は何も言いやしないさ。そうだろ、カイリー?」

「うん。約束する」とカイリーは泣き声で言う。

「静かにさせといてよ。顔からそれをはずして、頭を低くして下を見させといて」女は言う。

「眼をぎゅっとつむってるんだ。声を出すなよ」と男は言い、目隠しを取って、カイリーの頭を押しさげる。

女は車を脇に寄せて停める。パトロールカーは後ろに停まったようだ。女はルームミラーで警官を見ているらしく、「ナンバーを記録簿に書きとめてる。きっと無線で問い合わせもしたはず」と言う。

「だいじょうぶ。きみが話せばうまくいくさ」

「こういうパトカーにはみんなドライブレコーダーがついてるんじゃなかった？」

「どうかな」

「警察はこの車を捜すかも。乗っていた三人を。車を納屋に隠さなくちゃいけない。もしかすると何年も」

「そうあわてるなって。あいつはスピード違反で切符を切ろうとしてるだけだ」

車からおりて近づいてくる州警察官のブーツの音が聞こえる。

女が運転席側の窓をおろす音がする。「まずい」とささやく。

警官の足音が近づいてきて、あけた窓の横で止まる。

「何か問題でもありました？」女が訊く。

「奥さん、どのくらいスピードを出してたかわかってます？」警官が訊く。

「いいえ」

「八十三キロですよ。ここは四十キロ制限のスクールゾーンです。標識を見落としたんでしょう」

「ええ。このあたりに学校があるなんて知りませんでした」

「標識があちこちにありますよ」

「ごめんなさい、ぜんぜん気づかなかった」

「免許証を見せてくだ……」警官は言いかけてやめる。カイリーは自分が見つめられているのがわかる。全身ががたがた震えている。

「すみません、お隣にいるのは娘さんですか？」警官は男に尋ねる。

「ええ」

「お嬢さん、すみませんが、顔を見せてもらえます？」

カイリーは顔を上げるが、眼は固くつむったままだ。まだ震えている。警官は何かがおかしいのに気づいている。一瞬の間があり、そのあいだに警官も、カイリーも、女も、男も、次に何をすべきか決断する。

女がうなり声をあげ、それから一発の銃声が轟く。

2

木曜日、午前八時三十五分

これは半年ごとの定期検診だということになっている。すべてが良好で、乳癌が再発していないのを確認するための検査だということに。だからカイリーには心配しないでと言ってある。体調はすごくいいし、経過はほぼまちがいなく順調だからと。

内心ではもちろんレイチェルは、順調ではないのかもしれないと気づいている。検診はもともと感謝祭（十一月の第四木曜日）の前の火曜日に予定されていたのだが、先週ラボで血液検査をしてもらったところ、その結果を見たリード医師から、予定を早めて今日来るように言われたのだ。朝一番に。カナダのノヴァスコシア出身のリード医師は、冷静で落ちついた気難しい女性で、あわてて大騒ぎをするような人ではない。

そのことは考えまいとしながら、レイチェルは州間高速九十五号線を南へ向かっている。心配して何になる？ 自分は何も知らないのだ。リード先生は感謝祭にカナダへ帰るつもりで、診察を早めたのかもしれない。

体調は悪くない。というより、この二年間でいちばんいい。ひと頃はまるで悪運に見込まれたような気がしたものだが。そんなことはみんなもう終わった。離婚は過去の話だ。いまは哲学の講義の原稿を書いて、一月から始める新しい仕事の準備をしている。薬物療法で抜けた髪もほぼ元どおりになったし、体力もついて、体重も増えてきている。一年分の精神的負担はもう払いおえた。自分はあのてきぱきした有能な女に戻っている。仕事をふたつ掛け持ちしてマーティにロー・スクールを卒業させ、プラム島の家を手に入れた女に。

あたしはまだ三十五歳だ。人生はこれからだ。

レイチェルは縁起をかついで木製のものに触ろうと、ダッシュボードの緑色のところをぽんとたたく。でも、どうせプラスチックだろう。ボルボ二四〇の荷物スペースに溜めこまれたガラクタのなかには、古いオーク材の杖もあるのだが、それに手を伸ばしたばかりに手脚や命をなくしてはしょうがない。

携帯を見ると、時刻は八時三十六分。カイリーはバスをおりて、スチュアートと一緒に校庭をのんびり歩いている頃だろう。レイチェルは今朝ずっと言わずにいた他愛ないジョークをカイリーにメールする。〝考えられない（アンシンカブルな）ものをどうやって考える（シンクする）か？〟

一分たってもカイリーから返信がないので、答えを送る。〝氷山で〟

それでも返信なし。

〝わかった？　氷山で沈める（シンクする）〟とメールしてやる。

わざと無視しているのだろう。でも、スチュアートは絶対に笑っているはずだ。レイチェルはにやりとしながらそう思う。スチュアートはいつも彼女のくだらないジョークに笑ってくれる。

八時三十八分、道が渋滞してくる。

遅刻するのはいやだ。これまで遅れたことはない。州間高速道をおりて一号線で行くべきだろうか？

そういえば、カナダ人は別の日に感謝祭を祝うのだ、とレイチェルは思い出す。リード医師に呼ばれたのは、検査結果が思わしくなかったからだ。「だめだめ」と彼女はつぶやいて首を振る。もうそういうマイナス思考の悪循環に陥るつもりはない。自分は前へ進んでいる。かりにまだ病の王国へのパスポートを持っているとしても、そんなものに縛られたりはしない。それはもうウェイトレスの仕事や、自動車配車サービスＵｂｅｒ（ウーバー）の運転手や、マーティの手管（てくだ）にはまることと併せて卒業した。

自分はいまようやく能力をフルに発揮している。やっと教師になったのだ。初回の講義のことを考える。ショーペンハウアーは万人には難しすぎるだろうか。冒頭でサルトルと〈ドゥマゴ〉のウェイトレスのジョークを――

携帯が鳴り、レイチェルはぎくりとする。

〝発信者不明〟と表示されている。

スピーカーフォンで電話に出る。「もしもし？」

「ふたつのことを肝に銘じておけ」とボイスチェンジャーでゆがめられた声が言う。「ひとつ。おまえは最初ではないし、断じて最後でもない。ふたつ。目的は金ではなく――〈チェーン〉だ」

何かのいたずらにちがいない、脳の一部はそう言っている。だがもっと深いところ、小脳のもっと大昔からある部分は、純然たる動物的恐怖としか言いようのない反応を示しはじめている。

「番号をおまちがえだと思いますが」と彼女はやんわり言う。

声はかまわず先を続ける。「五分後に、レイチェル、おまえに生涯でもっとも重要な電話がかかってくる。車を路肩に停める必要がある。落ちついている必要がある。詳細な指示があるはずだ。バッテリーが充分にあることと、指示を書きとめるためのペンと紙があることを確かめろ。簡単な指示だと言うつもりはない。これからの毎日はきわめて困難なものになるだろう。だが〈チェーン〉はおまえに、かならず最後までやり遂げさせるはずだ」

レイチェルは寒けを覚える。口の中に古い銅貨の味が広がる。頭がくらくらする。「警察に電話しますよ――」

「よせ。警察であれなんであれ、法執行機関には知らせるな。おまえならやれる、レイチェル。おまえがこれをぶち壊しにするような相手だと考えていたら、われわれはおまえを選んではいない。おまえに要求されることはいまは不可能に思えるかもしれないが、おまえの能力ならかならずできる」

冷たいものが背筋を走る。未来がちらりと垣間見える。恐るべき未来が、どうやらあと数分で姿を現わすようだ。

「誰なのあなた？」彼女は訊く。

「われわれが誰なのか、どんなことができるのか、頼むから知らないままでいてくれ」

通話が切れる。

発信者が誰なのかもう一度見てみるが、番号はやはり表示されない。でも、あの声は。機械的にわざとゆがめられ、自信たっぷりで、冷たく、傲慢だった。生涯でもっとも重要な電話というのはどういうことだろう？　レイチェルはミラーで後方を確認すると、本当にもう一度電話がかかってきた場合に備えて、追い越し車線から真ん中の車線に移動する。

赤いセーターからほつれた糸を神経質につまんだとき、アイフォンがふたたび鳴る。

またしても発信者不明。

緑色の通話キーを押す。「もしもし？」

「レイチェル・オニール？」別の声が言う。女の声だ。ひどくぴりぴりしているように聞こえる。

〝いいえ〟と言いたくなる。実はまた旧姓を——レイチェル・クラインを——使いはじめているのだと言って、迫りくる凶事を逃れたくなるが、そんなことをしても無駄なのはわかっている。自分が何を言おうが何をしようが、最悪のことが起こったという知らせをこの女から告げられるのを、阻むことはできないのだ。

「ええ」とレイチェルは言う。

「申し訳ないけれど、あなたに悪い知らせがある。指示を書きとめる紙とペンはある？」

「何があったの？」いまや本当におびえて、彼女は訊く。

「娘さんを誘拐した」

3

木曜日、午前八時四十二分

空が落ちる。落ちてくる。息ができない。したくない。あたしの娘。まさか。そんなはずはない。誰もカイリーを連れていったりはしていない。この女の話し方は誘拐犯みたいには聞こえない。嘘だ。「カイリーなら学校にいます」とレイチェルは言う。

「いいえ。わたしが預かってる。誘拐した」

「そんなばかな……冗談でしょ」

「大真面目よ。バス停でさらったの。いま写真を送ってあげる」

目隠しをされて車の後部席に座っている少女の画像が、添付されて送られてくる。着ている黒のセーターと薄茶色のウールのコートは、今朝カイリーが家を出ていったときに着ていたのと同じものだし、そばかすだらけのとんがり鼻と、赤いメッシュのはいった茶色の髪も、たしかにカイリーだ。まちがいない。

気分が悪くなり、視野が揺らぐ。ハンドルから手を離す。警笛が次々に鳴らされるなか、ボルボは車線をそれていく。

女はまだしゃべっている。「取り乱さないで、わたしの言うことをよく聞いてちょうだい。何もかもわたしのやったとおりにやること。掟をすべて書きとめて、そこからはずれないこと。掟を破ったり、警察に電話したりしたら、あなたは責任を取らされるし、わたしも責任を取らされる。あなたの娘は殺され、うちの息子も殺される。だからわたしがこれから言うことを、すべて書きとめて」

レイチェルは眼をこする。頭の中に轟きが湧き起こり、大波がいまにも崩れ落ちてきそうになる。木っ端微塵にうち砕かれそうになる。この世で最悪のことが本当に、実際に起ころうとしている。いや、本当に起こったのだ。

「カイリーと話をさせてよ、この人でなし！」レイチェルはそうわめくと、ハンドルをつかんでボルボを立てなおし、十八輪の大型トレーラーを数センチの差でよける。それから最後の車線を横切って路肩まで行く。警笛と罵声を浴びながら、急停止してエンジンを切る。

「カイリーはいまのところ無事」

「警察に通報するよ！」レイチェルは叫ぶ。

「だめ、それはだめ。お願いだから落ちついて、レイチェル。あなたのことをすぐに冷静さを失うタイプだと思っていたら、わたしはあなたを選んではいない。徹底的に調べたの。だからハーヴァードのことも、癌から回復したことも知っている。新しい仕事のことも。あなたは有能な人だから、これをめちゃくちゃにしたりはしないはず。だってめちゃくちゃにしたら、結果はものすごく単純。カイリーは死に、うちの息子も死ぬ。さあ、紙を用意して、これから言うことを書きとめて」

レイチェルはひとつ深呼吸をして、ハンドバッグから手帳をつかみ出す。「どうぞ」

「あなたはいま〈チェーン〉に組みこまれている。わたしたちどちらも。〈チェーン〉は自分を守ろうとする。だからまず、警察はだめ。警察にしゃべったら、〈チェーン〉を操っている人たちはそれに気づいて、わたしにカイリーを殺して別の標的を探せと指示してくるし、わたしもそうする。彼らには、あなたもあなたの家族もどうでもいい。大切なのは〈チェーン〉の安全だけ。わかった？」

「警察はだめ」レイチェルは呆然として言う。

「次は、使い捨て携帯。匿名の使い捨て携帯をたくさん買って、電話をかけるたびにひとつずつ使えるようにして。わたしがいまやっているみたいに。いい？」

「ええ」

「それから、Ｔｏｒ（トーア）のインターネット・ブラウザをダウンロードして。匿名性が高いから、普通のブラウザじゃのぞけない闇（ダーク）ウェブにアクセスできる。ちょっと危ないけれど、あなたならやれる。トーアで〈インフィニティプロジェクツ〉を探して。書きとめてる？」

「ええ」

「〈インフィニティプロジェクツ〉というのは、たんなる仮の名前だから、何も意味しない。でも、そのサイトにはビットコインの口座がある。トーアなら五、六カ所でビットコインをクレジットカードか電信送金で買える。〈インフィニティプロジェクツ〉の送金番号は228974４。メモして。お金はいったん送金されたら追跡できない。〈チェーン〉があなたに要求しているのは二万五千ドル」

「二万五千ドル？　どうやってそんな大金――」

「わたしの知ったことじゃない。高利貸しに借りようが、ふたつめのローンを組もうが、請負殺人をやろうが、なんでもいい。とにかく工面して。お金を払ったら、前半は終了。後半はもっとたいへんよ」

「なに、後半って？」レイチェルは恐る恐る尋ねる。

「わたしはこう伝えることになってる。あなたは最初でもなければ最後でもない。あなたは〈チェーン〉の一部で、これが始まったのはずっと昔のこと。わたしがあなたの娘を誘拐したのは、そうすれば息子を解放してもらえるから。息子はわたしの知らない男女に誘拐されて、監禁されている。あなたは標的を選んで、その家族をひとり誘拐して、〈チェーン〉を継続させなくてはいけない」

「ちょっと！　あなた正気で――」

「黙って聞いて。これは大事なことだから。あなたは誰かを誘拐して、その子を〈チェーン〉上で自分の娘と置き換えるの」

「どういうこと？」

「標的を選んで家族のひとりを誘拐し、標的が身代金を支払って代わりの誰かを誘拐するまで、監禁しておかなくちゃいけないということ。これとそっくり同じ電話を、自分の選んだ相手にかけてちょうだい。わたしがあなたにしているのとそっくり同じことを、あなたの標的にもするわけ。あなたが誘拐を実行して身代金を支払ったら、うちの息子はすぐに解放される。あなたの標的が誰かを誘拐して身代金を支払ったら、娘さんはすぐに解放される。単純でしょ。そうやって〈チェーン〉は永久に稼働しつづけるの」

「え？　でも、誰を選ぶの、あたし？」レイチェルはすっかりおびえて訊く。

「掟を守る人。警官はだめ。政治家やジャーナリストも。そういう人たちは指示に従わない。誘拐を実行して身代金を払い、口を閉じたまま〈チェーン〉を動かしつづけてくれる人を選んで」

「どうしてあたしがそんなことをするってわかるわけ？」

「あなたがしなければ、わたしはカイリーを殺して、別の誰かでやりなおす。わたしがヘマをしたら、彼らはうちの息子を殺してから、わたしも殺す。わたしたちはもうあと戻りできないの。はっきり言わせてもらうけど、レイチェル。わたし、ほんとにカイリーを殺すから。自分にはできると、いまはっきり悟った」

「お願い、そんなことしないで。あの子を逃がして、お願い、お願いだから。母親から母親へのお願い。あの子はすばらしい子よ。あたしにはこの世にあの子しかいない。心から愛してるの」

「なら、それをあてにしてるから。ここまでわたしが言ったことはわかった？」

「ええ」

「じゃあね、レイチェル」

「だめ！　待って！」レイチェルは叫ぶが、女はすでに電話を切っている。

4

木曜日、午前八時五十六分

レイチェルは震えだす。気分が悪くなり、吐き気がし、嘔吐する。まるで治療を受けていた頃と同じだ。そうすればよくなるという希望を胸に、毒を投与させ、体を焼かせていた頃と。

左側を車が絶え間なくごうごうと通過していくが、レイチェルは異星に不時着してとうに死んだ探検家のように、身じろぎもせずに座っている。女が電話を切ってから四十五秒にしかならないのに、まるで四十五年のように感じる。

電話が鳴り、レイチェルはぎくりとする。

「もしもし?」

「レイチェル?」

「はい」

「ドクター・リードだけど。九時に待っていたのに、まだ階下の受付に来ていないわね」

「遅れてるんです。渋滞で」

「気にしないで。この時間はいつもホラー映画なみだから。何時頃になりそう？」

「え？　あ……今日はうかがえません。だめなんです」

「ほんとう？　あらまあ、そう――あしたならいいかしら？」

「いいえ。今週はちょっと」

「レイチェル、血液検査のことで相談をしたいから、こっちへ来てもらいたいの」

「もう切りますね」レイチェルは言う。

「ねえ、こういうことは電話じゃ話したくないんだけど、最新の検査結果を見ると、CA15-3の値がすごく上昇してる。どうしても相談――」

「だめなんです。ではまた」レイチェルがそう言って電話を切ると、ルームミラーに回転灯が映る。マサチューセッツ州警のがっちりした黒髪の警官が、パトロールカーからおりてボルボ二四〇に近づいてくる。

　レイチェルはすっかり途方に暮れて、そのままじっとしている。涙が頬で乾いていく。

　警官が窓をたたき、レイチェルは一瞬ためらってから窓をおろす。

「すみませんが」と警官は言いかけ、そこで彼女が泣いていたことに気づく。「あ、すみませんが、故障ですか？」

「いえ。ごめんなさい」

「そうですか、この路肩は緊急車輛専用ですよ」

この人に話そう、と彼女は思う。**何もかも話そう。だめだめ、それはだめ。あいつらはカイリーを殺す、絶対に殺す。あの女ならやる。**「停めちゃいけないのはわかってたんですけど。医者から電話がかかってきて。あたし——癌が再発しちゃったみたいなんです」

警官は事情を察して、ゆっくりとうなずく。「どうですか、このまま運転を続けられますか？」

「ええ」

「違反切符は切りませんが、どうか先へ進んでください、お願いします。奥さんが車線に出るまで、車の流れを止めておきますから」

「ありがとう」

レイチェルはイグニションのキーをまわし、くたびれたボルボはごほごほと始動する。警官は走行車線の車を停めており、レイチェルはなんの困難もなく走りだす。一キロ半ほど走ると次の出口があったので、そこで高速をおりる。南へ向かわなければ病院で診てもらえないが、そんなことはいまは念頭にない。まったくどうでもいい。カイリーを取りもどすこと、それが太陽と星々であり、全宇宙だ。

九十五号線の北行きに乗りなおし、猛然とボルボを駆る。この車をこれほど飛ばすのは初めてだ。

低速車線から、中速車線、高速車線へ。

時速百キロ、百十キロ、百二十、百二十五、百二十八、百三十。

エンジンが悲鳴をあげているが、レイチェルの頭にあるのは、**行け**、**行け**、**行け**、だけ。

用事があるのは北だ。銀行でお金を借りろ。使い捨て携帯を買え。銃でもなんでも、必要なものを手に入れて、カイリーを取りもどせ。

5

木曜日、午前九時一分

あっと言う間のことだった。銃声がし、車は走り去った。どのくらい走っただろう？カイリーは時間がわからなくなった。七、八分ぐらいで枝道に曲がり、長い私道を走り、停まった。女はカイリーの写真を撮ると、電話をかけるために車をおりていった。ママかパパにかけるのだろう。

カイリーはいま、男とともに車の後部席に座っている。男は荒い息をしながら小声で悪態をつき、犬みたいにクンクンとおかしな声を漏らしている。

警官を撃ったのは明らかに計画外のことで、うまく折り合いをつけられないのだろう。

女が車に戻ってくる音がする。

「よし、すんだ。何もかも理解させて、やるべきことを教えた。その子を地下室へ連れてって。わたしは車を隠してくるから」

「わかった」と男は従順に答える。「カイリー、おりるんだ。ドアはぼくがあけてあげる」

「どこへ行くの？」カイリーは訊く。

「きみのために部屋を用意してあるんだ。心配しないで」と男は言う。「きみはここまでよくがんばってる」

男の手が伸びてきて、シートベルトをはずすのがわかる。男の息がつんと不快ににおう。カイリーの横のドアがあく。

「目隠しははずさないでよ。銃を向けてるからね」女が言う。

カイリーはうなずく。

「ほら、何ぼやぼやしてるの？　おりて！」女はきいきいとヒステリックな声で言う。

カイリーは両脚を車からおろして立ちあがろうとする。

「頭をぶつけないようにして」男がささやく。

カイリーはゆっくりと慎重に立ちあがる。ハイウェイを走る車の音か何かが聞こえないかと耳を澄ますが、何も聞こえない。車の音も、鳥のさえずりも、聞き慣れた大西洋の波音も。かなり内陸にいるのだろう。

「こっちだ」と男が言う。「ぼくがきみの腕をつかんで先におりていく。おかしなまねはしないでくれよ。逃げ場はないし、ぼくらはふたりとも遠慮なく撃つからね、わかった？」

　カイリーはうなずく。

「答えて」女が強いる。

「おかしなまねはしない」カイリーは言う。

　閂がはずされてドアがあく音がする。

「気をつけて、この階段は古くてちょっと急だから」男が言う。

　カイリーは男に肘を支えられて、ゆっくりと木の階段をおりる。おりきると、自分がコンクリートの床に立っているのがわかる。気持ちが沈む。そこがカイリーの家の地下みたいな配管スペースだったら、足元はただの土と砂のはずだ。土と砂なら外まで穴を掘れる。でも、コンクリートは掘れない。

「ほら」と男は言い、カイリーを部屋の奥へ連れていく。明らかに地下室だ。近くに人のいない、田舎の一軒家の地下室。

　母親のことを考えて、またしても嗚咽がこみあげてくる。かわいそうなママ！　もうすぐ新しい仕事を始めることになっているのに。乳癌と離婚を乗りこえて、やっと人生が上向いてきたところなのに。あんまりだ。

「ここに座って」と男が言う。「そのままずっと腰をおろしていって。床にマットレスが敷いてある」

カイリーはマットレスに腰をおろす。シーツがかけてあり、寝袋が載っているのがわかる。

女がカシャッと写真を撮る音がする。「よし、わたしはうちへ行ってこれを彼女に送って、Ｗｉｃｋｒ（ウィッカー）（秘匿性の高いメッセージ・アプリ）をチェックする。彼らが腹を立てていないといいんだけど」女は言う。

「まずいことがあったなんて言うなよ。すべて計画どおりにいったと言うんだぞ」男は言う。

「あたりまえでしょ！」女はぴしゃりと言う。

「うまくいくさ」男は説得力のない口調で言う。

女が木の階段を駆けあがり、地下室のドアを閉める音がする。カイリーは男とふたりきりになり、そのせいで不安になる。何をされるかわからない。

「ようし」と男は言う。「もう目隠しを取っていいぞ」

「おじさんの顔を見たくない」カイリーは言う。

「だいじょうぶ、またスキーマスクをかぶった」

カイリーは目隠しをはずす。男はそばに立っている。あいかわらず銃を手にしているが、コートは脱いでいる。黒いセーターに、ジーンズ、泥と土のこびりついたローファー。四十代か五十代の太りぎみの男だ。

地下室は長方形で、広さは六メートルかける九メートルぐらい。片側に、落ち葉の溜まった小さな正方形の窓がふたつ。コンクリートの床、マットレス、マットレスの横に電気スタンド。カイリーにあたえられていたのは、寝袋、バケツ、トイレットペーパー、段ボール箱がひとつ、それに水が大きなボトルで二本。あとはがらんとしていて、一方の壁ぎわに古めかしい鋳鉄製の調理用ストーブが一台、奥の隅にボイラーが一基あるだけだ。

「これから何日かここで過ごしてもらう。お母さんが身代金を払って、もうひとつのことをやってくれるまでだ。できるかぎり快適に過ごしてもらえるようにするよ。きみはさぞおびえているだろう。ぼくにはとうてい……」と男は声を詰まらせる。「ぼくらはこんなことに慣れてるわけじゃないんだ。こんなことをする人間じゃないんだよ。無理やりやらされてることなんだ。それはわかってくれ」

「どうしてあたしをさらったの？」

「それはきみがお母さんのもとへ帰ったら、お母さんが説明してくれるだろう。ぼくは妻から話すなと言われてるんだ」

「おじさんは奥さんよりいい人みたい。何かあたしを逃がしてくれる手は――」

「だめだ。逃げようとしたら、ぼくらはきみを殺す。なんとね。本気だよ。知ってるだろう、ぼくらがどんなことを――しでかすかは。その場に居合わせたんだから。聞こえたはずだ。あの男も……気の毒にな。これを左の手首にはめてくれ」男はそう言って、手錠をカイリーに渡す。「逃げられないくらいきつく、でも、手首がすりむけない程度に……そうそう。もうちょっときつく。見せてくれ」

男はカイリーの手首を取って手錠の締まりぐあいを点検し、もう少しきつくする。それからもう一方の環部を太い金属の鎖にかけ、その鎖を鋳鉄製のストーブに南京錠で固定する。

「鎖は三メートル近くあるから、多少は動きまわってかまわない。あれが見えるか、あの階段の脇にあるものが？　カメラだ。ぼくらがここへおりてきてないときでも、きみをつねに監視してる。蛍光灯はずっとつけっぱなしにしておくから、何をしているかは見えるぞ。だからおかしなまねはしないように。わかった？」

「わかった」

「寝袋と枕を用意しておいた。その箱には洗面用具と、追加のトイレットペーパー、グラハム・クラッカー、それに本がはいっている。ハリー・ポッターの本は好き？」

「うん」

「シリーズが全部はいっている。それに昔の本も何冊か。きみぐらいの年齢の子にいいものを。そういうことには詳しいんだ。ぼくはえい……いい本だよ」

〝ぼくは英語の教師だから〟――**そう言おうとしたの？**　カイリーは内心でそう思いつつ、「ありがとう」と答える。**感じをよくして、カイリー**、と自分に言い聞かせる。**面倒をか**

けない、おびえて怖がった、いい子になるの。

男はカイリーの横にしゃがむが、あいかわらず銃を向けている。

「ここはうちの私道の終点で、森の中だ。いくら叫んでも誰にも聞こえない。敷地は広いし、まわりはすっかり森に囲まれている。でも、きみが叫びだしたら、ぼくにはカメラでわかる。危険を冒すわけにはいかないから、おりてきて猿ぐつわをかませなくちゃならないし、猿ぐつわをはずせないように、両手を背中にまわして手錠をかけるよ。わかった？」

カイリーはうなずく。

「じゃあ、ポケットの中身を出して、靴を預からせてくれ」

カイリーはポケットを裏返す。はいっているのはどのみちお金だけだ。ペンナイフも携帯もない。携帯はプラム島の砂利道に落っことしてきた。

男は立ちあがり、ちょっとふらつく。「まいったな」そうつぶやくと、気持ちをぐっと抑え、首を振り振り階段をのぼっていく。自分のしてしまったことが自分でも信じられずに、驚いているのだろう。

地下室のドアが閉まると、カイリーはマットレスに寝ころんで溜息をつく。

またしくしくと泣きだす。涙が涸れるまで泣いてしまうと、起きあがって二本の水のボトルを見る。毒がはいっているのでは？ボトルの封は破られていないし、銘柄は〈ポーランド・スプリング〉だ。カイリーはむさぼるように飲んでから、自分を制止する。

あの男が戻ってこなかったらどうする？　この水を何日も何週間も保たせなければならないとしたら？

大きな段ボール箱をのぞく。グラハム・クラッカーがふた箱、〈スニッカーズ〉のチョコバーが一本、〈プリングルズ〉のポテトチップスがひと缶。歯ブラシ、歯磨き、トイレットペーパー、ウェットティッシュ、本が十五冊ぐらい。あとはスケッチブックと、鉛筆が二本と、トランプ。カメラに背を向けて、鉛筆の先で手錠の鍵をこじあけようとしてみるが、十秒で諦める。ペーパークリップか何かが必要だ。本を順に見ていく。ハリー・ポッター、J・D・サリンジャー、ハーパー・リー、ハーマン・メルヴィル、ジェイン・オースティン。やっぱり英語の教師だろう。

水をもうひと口飲むと、トイレットペーパーを少しほどいて、顔の涙を拭く。マットレスに横になる。寒い。寝袋にはいり、カメラから見えないところまでもぐりこむ。

そうしていると安心する。

あのふたりに見えないって、すごいことだ。アニメの《ルーニー・テューンズ》でダフィー・ダックがよくやるごまかしと同じ。おれにおまえが見えなけりゃ、おまえは存在しない。

痛い目に遭わせたくないというのは本当だろうか？ 人を信じられるのは、その人たちが本性を現わすまでだ。

あのふたりはもう本性を現わしたんじゃない？

あのお巡りさん。あの人はもう死んだか、死にかけているはずだ。なんてことだろう。脳裡に銃声がよみがえり、カイリーは叫びだしたくなる。大声で叫んで、誰かに助けにきてほしくなる。

助けて、助けて、助けて！ そう口を動かすが、声には出さない。

ああもう、カイリー、なんでこんなことになっちゃったの？ 気をつけなさいって言われてたのに。知らない人の車には乗っちゃいけない。絶対にいけないって。女の子はしじゅう行方不明になってるし、行方不明になったらまず帰ってこない。

でも、帰ってくることだってある。永久に行方不明になっちゃう子はたくさんいるけれど、いなくなった子が全員それきりになっちゃうわけじゃない。ふたたび帰ってくる子だっている。

エリザベス・スマート――それがあのモルモン教徒の女の子の名前だ。彼女はあのインタビューに堂々と落ちついて答えていた。こういう状況に置かれても希望はかならずある。信仰がつねに希望をあたえてくれたと。

でも、カイリーは信仰を持っていない。それはどう考えても、ばかな両親のせいだ。

こんなふうにしていると息が詰まりそうだ。

寝袋を引きおろして、あわてて何度か深呼吸をし、室内をもう一度見まわす。

あの人たち、ほんとに監視しているだろうか？

もちろん最初はしているだろう。でも、夜中の三時にはどうだろう？　あのストーブを動かせるかもしれない。手錠の鍵をこじあけられるような古釘（ふるくぎ）があるかもしれない。待とう。冷静に待とう。カイリーは箱をのぞいて、スケッチブックを取り出す。

〝助けて、この地下室に監禁されています〟と書くが、そのメモを託す相手がいない。

ページを破り取って丸める。

こんどは絵を描きはじめる。エジプト学の本で見たセンエンムウトという天文観測官の墓の天井を。それで気持ちが落ちついてくる。月と星々を描く。古代エジプト人は来世のありかを星々に求めていた。でも、来世なんてないよね？　おばあちゃんは来世を信じてるけど、あとは誰も信じてない。来世なんて理屈に合わないよね？　あのふたりに殺されたら、あんたは死ぬだけ。それでおしまい。そしていまから百年後ぐらいに、森の中で死体が見つかるけど、誰もあんたが何者なのかも、行方不明になったことも、憶えてない。

あんたはきれいさっぱり歴史から消し去られる。

「ママ、あたしを助けて。お願いだから助けて。ママ！」

カイリーはそうつぶやくが、助けなど来ないことを知っている。

6

木曜日、午前九時十六分

プラム島の自宅に戻ると、レイチェルはキッチンへはいっていって床に倒れこむ。卒倒したわけではない。意識はある。もはや立っていられないだけだ。そのままリノリウムの床にだらしないクエスチョンマークのような姿で横になっている。脈が激しく打ち、喉が締めつけられる。心臓発作を起こしたみたいな気分だ。

でも心臓発作など起こしてはいられない。娘を助け出さなくては。

起きあがり、努めて呼吸をし、考えようとする。

あいつらは警察に通報するなと言った。たぶん警察を恐れているのだろう。

警察ならどうしたらいいかわかるはずだ。そうだよね？

レイチェルは携帯に手を伸ばすが、自分を押しとどめる。だめ。危険は冒せない。

通報はだめ。絶対にだめ。通報したのがばれたら、あいつらはすぐさまカイリーを殺す。

あの女の声にこめられていたもの。あれは必死さだ。決意だ。言ったことはかならず実行して、別の人質探しに取りかかるだろう。〈チェーン〉なんて話はばかげていて、とうてい信じられないけれど……あの女の声……あれには真実味があった。明らかに〈チェーン〉を恐れて、その力を信じていた。

あたしも信じる、とレイチェルは思う。

でも、ひとりきりでは無理だ。助けが要る。

マーティ。彼ならどうしたらいいかわかるだろう。

マーティの番号にスピードダイヤルするが、そのまま留守番電話につながる。もう一度かけてみるが、やはり留守番電話だ。レイチェルは連絡先のリストを見ていき、ブルックリンにあるマーティの新居にかける。

「はいはーい」とタミーがいつもの歌うような調子で電話に出る。

「タミー?」

「そうだけど、どなた?」

「レイチェルよ。マーティに連絡を取ろうとしてるんだけど」

「ニューヨークにはいないの」

「あら。どこにいるの?」

「ええと、ほら、あそこ、なんていったかしら……」

「仕事?」

「ちがう。ほら……みんながゴルフをするところ」

「スコットランド?」

「ちがう! みんなが行くところ。すごく興奮してた」

「ゴルフなんて、いつからそんなものを……なんでもない。ねえ、タミー、緊急事態でマーティに連絡を取りたいんだけど、携帯につながらないの」

「彼、事務所で行ってるの。保養だから、携帯は預けなくちゃいけないわけ」

「でも、それってどこ? お願い、思い出して」

「オーガスタだ! オーガスタにいるの。連絡先の電話番号があったと思うけど、知りたい?」

「知りたい」

「わかった、ちょっと待って。ああ、これこれ。言うね」タミーは番号を読みあげる。

「ありがとう、タミー。いまからかけてみる」

「待って、緊急事態って何?」

「ああ、なんでもない。屋根の問題、雨漏りがするの、それだけ。大したことじゃない。ありがとう」そう言って電話を切る。

タミーに教えてもらった番号にかける。

「グレンイーグル・オーガスタ・ホテルです」受付係が言う。

「マーティ・オニールをお願いします。オニールの……家内ですけれど、夫が何号室に泊まっているのか忘れてしまって」

「ええと……七十四号室ですね。おつなぎします」

受付係は電話をその部屋にまわすが、マーティはいない。レイチェルはもう一度フロントデスクに電話し、戻りしだい電話をくれとマーティに伝えてほしいと頼む。

電話を切り、ふたたび床に座りこむ。

呆然とし、言葉を失い、おびえている。

世間にはカルマの小切手帳の清算がすんでいない悪人がいくらでもいるはずなのに、なぜあたしがこんな目に遭うの？　それも、この二年間さんざんひどい目に遭ってきたというのに。あんまりだ。カイリーはまだほんの子供なのに――

かたわらの携帯が鳴る。手に取って相手が誰なのかを見る。またしても〝発信者不明〟。

ああもう。

「別れた夫に電話か？」と、ひずんだ無気味な声が言う。「それがいまおまえが本当にすべきことか？　当人は信頼できる男か？　自分と娘の命をゆだねられる相手か？　信頼できないとまずいぞ。彼がひと言でも誰かにしゃべったら、カイリーの命はないし、われわれもおまえを殺さなくてはならない。〈チェーン〉はかならずみずからを守る。その点をよく考えてから次の電話をかけるんだな」

「ごめんなさい。でも……でも、彼にはつながらなかった。伝言を残しただけ。だって……あたしひとりじゃどうしていいかわからなくて――」

「助けを求めるのは、あとで許可するかもしれない。われわれに連絡を取る方法を伝えるから、必要ならそこから許可を求めるがいい。いまはさしあたり、何が自分のためになるかを考えるなら、誰にもしゃべらないことだ。だが、金を用意して、標的のことを考えはじめろ。おまえならできる、レイチェル。ハイウェイではあの警官をうまく追いはらったじゃないか。そう、われわれは見ていた。すべてが終わるまではしっかりと監視しているからな。さあ、やることをやれ」声は言う。

「無理よ」レイチェルは力なく抗議する。

声は溜息をつく。「われわれは絶えず指導が必要な相手は選ばない。それではこちらの負担が大きすぎる。自発的な人間、自力でものごとをなしとげる人間を選ぶ。おまえはそういう人間だ、レイチェル。とっととその小汚い床から立ちあがって、仕事にかかれ！」

電話は切れる。

レイチェルはぞっとして携帯を見る。本当に監視されている。誰にかけているのかも、何をしているのかも、全部知られているのだ。

携帯を押しやって立ちあがり、事故を起こした車から離れる人間のようによろよろとバスルームへ行く。

蛇口をひねり、顔に水をたたきつける。ここに鏡はない。鏡があるのは家じゅうでカイリーの部屋だけだ。髪が抜け落ちていくさまを見るのが恐ろしくて、全部捨ててしまったのだ。もちろん家族は誰も、レイチェルに死ぬかもしれないなどと考えることを許しはしなかった。看護師だった母親は当初から、あんたの乳癌はまだステージ2Aで、積極的かつ精密な外科的介入と、その後の放射線療法と薬物療法で治療できる。そう説明してくれた。けれどもその最初の数週間で、レイチェルはバスルームの鏡を見るたび、髪が減り、頬が落ちくぼみ、体が痩せていくのに気づいた。

鏡をすべて捨てるのは回復の重要な一段階だった。暗い薬物療法の日々のなかで、自分が青白く痩せ衰えたおぞましい骸骨になるのを見ずにすんだ。レイチェルが回復したのは、かならずしも奇跡ではない。ステージ2Aの五年生存率は九十パーセントだ。でも、それにしたって、残りの十パーセントにはいる可能性はいつだってあるんじゃない？

蛇口を締める。

鏡がなくてよかった。あったら、鏡に映った自分がどんよりした非難の眼でこちらを見つめ返しているはずだ。十三歳の女の子をひとりきりでバス停で待たせる？　カイリーがマーティと一緒だったら、こんなことになっていたと思う？

いいえ。なっていない。マーティが預かってるあいだはね。あんたのときだよ、レイチ

ェル。それはずばりと言えば、あんたが負け犬だから。あいつらはあんたを誤解してる。どうしようもないほど勘ちがいしてる。三十五にもなって初めてまともな職に就く？　これまでいったい何をしてきたの？　さんざん能力をむだ遣いして。平和部隊？　そんなものいまどき誰もはいらない。グアテマラから帰ってきたあと、マーティとぶらぶらしていたあの数年。ついに彼が、自分はロー・スクールに行くと決断したあと。あんた努力してた？

努力してるふりはしてきた。でも、実際にはただの負け犬だから、こんどはかわいそうに娘まで、その負け犬の巣にからめ取られちゃった。

レイチェルは鏡のあった場所に指を突きつける。このばか女。あんたなんか死ねばよかったんだ。死ぬほうの十パーセントにはいればよかったんだ！

眼をつむり、深呼吸をし、十から逆に数をかぞえると、ふたたび眼をあける。寝室に駆けこんで、講義用に買った黒のスカートと白のブラウスに着替える。高価そうに見える革ジャケットをはおり、見苦しくないハイヒールを見つけ、髪を手でとかしつけ、ショルダーバッグをつかむ。自分の財務書類と、ラップトップ、ニューベリーポート・コミュニティ・カレッジの雇用契約書を突っこむ。司法試験の勉強をしていた頃のマーティの取って置きの煙草（たばこ）と、密封した非常用現金の袋を取り出す。キッチンへ走り、ハイヒールをはき、レンジフードに顔をぶつけそうになる。背筋を伸ばすと、携帯をひっつかみ、車へと駆け出していく。

7

木曜日、午前九時二十六分

ニューベリーポートの街なかにあるファースト・ナショナル銀行は、午前九時半に開店する。レイチェルは入口近くの歩道を行きつ戻りつしながら、マルボロをふかす。

銀行のあるステイト通りには人けがなく、分厚いコートを着てレッドソックスの野球帽をかぶった年輩の男がひとりいるだけだ。ひどく青ざめて緊張した様子で、レイチェルのほうへ歩いてくる。

たがいの眼が合うと、男はレイチェルの前で立ちどまる。

「あんた、レイチェル・オニールか?」男は尋ねる。

「ええ」レイチェルは答える。

男は喉をごくりとさせ、帽子の鍔(つば)を引きおろす。「おれは〈チェーン〉を離れて一年になる、そうあんたに伝えるように言われてる。それはおれが言われたとおりにしたからで、家族はいま無事でいる、そう伝えるように言われてる。おれみたいな人間は何百人もいて、〈チェーン〉があんたやあんたの家族の誰かに伝えたいことがあると、こうして呼びもどされて、メッセージを伝えにやってくるんだ。そう伝えるように言われてる」

「わかった」

「あんた――妊娠はしてないよな?」男はためらいがちに尋ねる。決められた台詞(せりふ)から一瞬だけ逸脱したらしい。

「ええ」レイチェルは答える。

「なら、これがあんたへのメッセージだ」男はそう言うと、いきなり彼女の腹を殴りつける。

レイチェルはうっとうめき、歩道にくずおれる。パンチは驚くほど強く、痛みがすさまじい。十秒後にやっと息ができるようになる。戸惑いと恐怖に包まれて男を見あげる。

「われわれの行動力の証しがもっと必要なら、ニューハンプシャー州ドーヴァーのウィリアムズ一家でググれ、そうあんたに伝えるように言われてる。あんたがおれに会うことは二度とないが、ほかにも大勢おれみたいなやつがいる。あとを尾けようなんて考えは起こすなよ」男はそう言うと、恥辱の涙を流したまま身を翻し、もと来たほうへそそくさと歩きだす。

ちょうどそのとき、銀行のドアがあいて警備員が、歩道に這いつくばっているレイチェルに気づく。足早に立ち去っていく男を見て拳（こぶし）を握りしめる。何かあったのに気づいたのだ。

「どうしました？」警備員は言う。

レイチェルは咳払いをして自分を落ちつける。「だいじょうぶだと思う。ちょっと……転んじゃって」

警備員は手を差し出して助け起こしてくれる。

「ありがとう」とレイチェルは言い、痛みに顔をしかめる。

「ほんとにだいじょうぶですか？」

「ええ、だいじょうぶ！」

警備員は一瞬いぶかしげに彼女を見てから、もう一度、足早に歩き去っていく男に眼をやる。彼女を銀行強盗の囮（おとり）のようなものではないかと疑っているのがわかる。手が銃のほうへ動く。

「本当にありがとう」とレイチェルは言い、それからささやき声でこう言う。「ハイヒールなんてめったにはかないの。銀行にいい印象をあたえようなんて無理をしたせい！」

警備員は緊張を解く。「わたししか見ていません。よくそんなもので歩けるなと思いますよ」

「娘に話すジョークがあるの。〝ハイヒールをはいた象はなんていう象か？〟」

「なんていう象です？」

「アシガイタイゾウ。娘は笑わないけどね。あたしのくだらないジョークには絶対に笑わないの」

警備員はにっこりする。「ま、わたしは面白いと思いますよ」

「またまたありがとう」とレイチェルは言う。それから髪をなおして、銀行へはいり、支店長のコリン・テンプルに面会を求める。

コリンはかつてプラム島に住んでいたが、いまは街に住んでいる年輩の男だ。レイチェルとはおたがいのバーベキュー・パーティに参加したこともある仲で、マーティはコリンの船で釣りにいったこともある。レイチェルが離婚したあと、二、三度ローンの支払いが滞ったときにも、寛大に対応してくれた。

「レイチェル・オニール、これはこれはお久しぶり」とコリンは笑顔で言う。「ああ、レイチェル、どうしてきみがそばに来るたび、鳥たちが急に現われるんだろう（カーペンターズ〈遥かなる影〉の歌詞）」

なぜならそいつらは腐肉を食らう鳥（からす）で、あたしはゾンビだからよ。レイチェルはそう思うが、口にはしない。「おはよう、コリン、お元気？」

「おかげさまでね。どんなご用かな？」

レイチェルはパンチの痛みをこらえて、唇に無理やり微笑を浮かべる。「実はちょっと困ったことになっちゃって、ご相談できないかと思って」

支店長のオフィスは改装され、ヨットの絵とコリンの作った小さな船の精密模型が飾ってある。それに、彼女がどうしても名前を憶えられない、洟垂れのキング・チャールズ・スパニエルの写真も何枚か。コリンはドアを少しあけたままにして、デスクのむこうに座る。レイチェルもむかいに腰をおろし、努めて明るい表情を浮かべる。

「どんなこと？」コリンは訊く。口調はまだかなり快活だが、眼には不安が忍びこんでいる。

「それがね、家のことなんだけど。キッチンの屋根が漏るから、きのう業者に見てもらったら、雪が降る前に葺き替えないと、そっくり落っこちるかもしれないって言うの」

「ほんとに？　前回わたしがうかがったときには、問題なさそうだったけどね」

「そうなんだけど。でも、あの屋根は当初のままなの。一九三〇年代からずっと。だから冬にはいつも漏るし。危険なのよ。あたしたちにとっては。あたしとカイリーには。それに、まあ、家にとってもね。おたくはあれを抵当に取ってるから、屋根が落っこちたら、おたくの資産も価値がなくなっちゃう」レイチェルはそう言って、偽りの笑みまで浮かべてみせる。

「その業者はいくらかかると言ってるんです？」

レイチェルは二万五千そっくり借りるつもりでいたが、屋根の修理にそれは尋常な額ではない。預金口座は空っぽだけれど、ヴィザ・カードで一万は支払える。返済のことはカイリーが無事に帰ってきてから考えよう。

「一万五千。でも、だいじょうぶ。返すあてはあるから。一月から新しい職に就くの」とレイチェルは言う。

「おや」

「ニューベリーポート・コミュニティ・カレッジに雇用されて、いくつか講義を持つことになったの。現代哲学入門。実存主義、ショーペンハウアー、ヴィトゲンシュタイン、そのへんをね」

「ようやく学位を活かせるわけだね？」

「そう。ほら、雇用契約書と給与の明細を持ってきた。大した額じゃないけど、安定した収入だし、ウーバーの運転手をしていたときよりは多い。いまはほんとにいろんなことが上向いてきてるの、コリン――まあ、その、屋根をのぞけばだけど」そう言いながら書類を渡す。

　コリンは書類に眼を通すと、顔を上げてレイチェルをじっと見る。何かおかしいと気づいたのだろう。レイチェルはおそらくひどい姿に見えるはずだ。痩せて、憔悴(しょうすい)して、追いつめられているように。乳癌が再発した人間か、メタンフェタミンによる死のスパイラルの最終段階にある人間のように。

コリンの眼が細くなる。雰囲気が変化する。彼は首を振る。「残念ながら、支払いをこれ以上延期することはできないし、融資を追加することもできないんだ。わたしにその権限はない。この手のことがらじゃ、ほとんど裁量権がないんだよ」

「なら、もうひとつローンを組んで」と彼女は言う。

コリンはまた首を振る。「悪いが、レイチェル、きみの家はそこまで安全な資産じゃない。容赦ない言い方をすれば、態のいい海辺の小屋にすぎないよね？　しかも実際には、海辺ですらない」

「でも、潮だまりの入江に面してる。ウォーターフロントの物件よ」

「申し訳ないけれど。きみとマーティがあそこを改装するという話を何年もしていたのは知っているが、結局していないよね？　きちんとした防寒対策も施されていないし、セントラル空調でもない」

「なら、土地はどう？　このあたりの不動産価格は上昇してきてる」

「あそこはプラム島の大西洋側じゃなくて、人気のない西側だ。沼地に面していて、洪水ゾーンでもある。悪いが、レイチェル、わたしには何もしてあげられないよ」

「でも、でも……新しい職に就くのよ」

「このコミュニティ・カレッジの雇用契約は一学期かぎりだ。きみは銀行からすればリスクが高いんだよ――わかるだろう、それは？」

「でも、あてはあるんだから」とレイチェルは食いさがる。「あなたも知ってるでしょ、コリン、あたしがほぼいつも期日どおりに支払ってるのは。ローンは払ってる。真面目に働いてる」

「ああ。でも、問題はそこじゃないんだ」

「それにマーティもいるじゃない。彼はいまジュニア・パートナーになってる。養育費の支払いについて、あたし、これまでは彼を大目に見てきたけど、それはタミーが破産したからで——」

「タミー？」

「マーティの新しいガールフレンド」

「ガールフレンドが破産した？」

まずい、とレイチェルは思う。この情報は自分にプラスにならないと気づき、急いで駆けぬけようとする。

「ああ、大したことじゃないの。彼女、ハーヴァード・スクエアにチョコレート屋さんを持ってたんだけど、それがつぶれちゃったわけ。実業家じゃないから。たぶんまだ二十五、六だと——」

「ニューイングランドのお菓子の都でチョコレートを売って、どうすれば破産するんだ？」

「知らないわよ。ねえ、コリン。昔からの友人でしょ。あたし……あたし、どうしてもこれが必要なの。それもなるべく早く。緊急事態なのよ」

コリンは椅子に背中を預ける。

じっくりと考えているのがわかる。嘘つきの見破り方を心得ているのだろう……

「残念だが、レイチェル、やはり無理だ。もし業者を探しているのなら、エイブ・フォーリーを紹介してもいい。正直だし、手早くいい仕事をする。それがわたしにできる精一杯のことだ」

レイチェルはうなずく。「ありがとう」力なくそう言うと、すっかりうちひしがれてオフィスを出る。

8

木曜日、午前九時三十八分

なんだろう、今回はどこかちがう気がする。

もちろん、ちがうという確証はない。ちがいなどあるはずがない。あいつらはかならず同じことを言い、同じように行動し、最後にはきちんと列に加わる。人間というのはうんざりするほど予測可能だ。だから数理統計なんてものが使えるのだ。

それに、これは印象にすぎない。振り払ってしまえば、別の印象を受けるだろう。でも、今日はそうしたくない。そのいやな予感につきあい、それを味わい、なぜ湧いてきたのか解き明かしたい。その予感が多少なりとも何かを意味するとすれば、それはほぼまちがいなく〈チェーン〉の現在の人物に関することだ。

進行状況を見ておくほうが賢明かもしれない。彼女はコンピューター上の暗号化されたファイルをひらき、現在の主役たちをチェックする。すべて問題ないように見える。鎖(リン)の環・マイナス2はハンク・キャラハン。ニューハンプシャー州ナシュアで歯科医と日曜学校の教師をしており、要求されたことはすべて実行している。リンク・マイナス1はヘザー・ポーター。こちらもニューハンプシャーで大学の事務員をしており、指示されたことはみな実行している。リンク・ゼロはレイチェル・オニール——現在の本人の名乗り方にならえば、レイチェル・クライン。ウェイトレスとウーバーの運転手をしていたが、まもなくコミュニティ・カレッジで教職に就くことになっている。

　レイチェルが腐った林檎（りんご）なのだろうか？

　だとしても、とくに問題はない。オリーがいつも言うように、〈チェーン〉は基本的に自律的なメカニズムであり、外部からちょっとつついてやるだけで、壊れたＤＮＡをみずから修復してくれる。

「だいじょうぶ。自然に解決するから」継母はよくそう言ったものだ。たしかにそのとおりだった。問題というのはたいてい自然に解決する。継母自身も最終的にはもちろん解決された。

　そう、レイチェルは面倒の種にはならない。なるはずがない。あいつらはみんなそうだ。レイチェルも例外ではない。さもなければ、当人も娘も死ぬことになる。それも、ほかの連中への見せしめとして、悲惨な形で。

9

木曜日、午前九時四十二分

レイチェルは銀行の外の路上で涙をこらえ、パニックの波を食いとめる。どうしたらいい？　できることはない。出だしでつまずいてしまった。**ああ、神様、かわいそうなカイリー**。

携帯の時計を見る。九時四十三分。

洟をすすり、顔を拭い、深呼吸をすると、銀行内へ戻る。

「もしもし、困ります——」という誰かの声を聞きながして、つかつかとコリンのオフィスへはいっていく。

コリンはぎょっとして後ろめたそうにコンピューターから顔を上げる。特別にいやらしいポルノ写真でもググっていたかのようだ。「レイチェル、さっきも言ったとおり——」

レイチェルは腰をおろす。デスクを飛びこえていって、コリンの喉にナイフを突きつけ、続き番号でない紙幣で金を寄こしやがれ、と出納係にわめきたくなるが、その衝動を抑えてこう言う。

「おたくの銀行が提供してるどんな利息の、どんな強欲なローンでもいいから貸して。あたし、どうしてもお金が要るの、コリン。それを手に入れるまでは、このくそオフィスを出ていかないから」

自分の眼が、海賊のように不穏な、銀行強盗じみた光を放っているのがわかる。あたしを見て、と眼が言っているように思える。いまならどんなことだってするから。あなたほんとに一日の始めに、暴れてわめくあたしをここから警備員に引きずり出させたい？

コリンは深い溜息をつく。「それなら、まあ、うちには九十日の緊急住宅融資という——」

「いくら借りられるの？」レイチェルはさえぎる。

「一万五千あればお宅の、その、屋根は直せるんだね？」

「ええ」

「利率はいまのものよりだいぶ高くなるが……」

レイチェルは話を聞くのをやめ、コリンにぺらぺらと説明させておく。利率も手数料もどうでもいい。そのお金が欲しいだけだ。コリンが話しおえると、レイチェルはにっこりし、それでけっこうよと言う。

「書類を作らなくちゃならない」コリンは言う。

「お金はあたしの口座に直接振り込んでもらえる？」

「小切手で振り出したいということかな？」

「そう」

「それはできる」

「一時間後に書類にサインをしに戻ってくるから」そう言うと、レイチェルは礼を述べて外に出る。

それから走り書きしたチェックリストを見る。きわめて有罪性の高いしろものだ。

1 身代金
2 使い捨て携帯
3 標的／人質を探す
4 銃、ロープ、ダクトテープ等を買う
5 人質を隠す場所を探す

近くにニューベリーポート図書館がある。その一時間のあいだに、そこで標的／人質探しが少しできるかもしれない。**そう、できる。行こう、レイチェル、行こう。**

ステイト通りを走って図書館に行き、階段を駆けあがり、ラヴクラフト棟で空いた学習ブースを見つける。まずはグーグルで、ニューハンプシャー州ドーヴァーのウィリアムズ一家を検索する。家宅侵入からの居直り強盗、警察はそう見ていた。母親と、ふたりの子供と、母親の新しいボーイフレンドの四人が、縛りあげられて頭を撃たれていた。子供は母親より数時間前に殺されており、母親はたっぷり嘆き悲しんでから殺されたことになる。

レイチェルは震えあがり、標的の候補を探しはじめる。

あの女たちはどうやってあたしを見つけたのか。地図にピンを刺して？　ＰＴＡの記録？　ウーバーのプロフィール？

フェイスブック。そう、フェイスブックだ。

自分のマックブック・エアーを起動して、フェイスブックにログインすると、レイチェルはそれから四十五分間、ひたすら友達の友達の顔と名前をスクロールしていく。

呆れるほど大勢の人々が、自分のプロフィールと投稿を公開して、誰にでも閲覧できるようにしている。ジョージ・オーウェルはまちがっていた、と彼女は思う。未来の社会では、広汎な監視によって万人を見張るのは国家ではない。国民だ。彼らは自分の居どころや興味、食べ物の好み、好きなレストラン、政治上の意見、趣味などを、フェイスブックやツイッター、インスタグラムなどのソーシャルメディア・サイトに上げることで、国家の仕事を代行する。自分が自分の秘密警察なのだ。

なかには親切にも、自分の居どころについての時間的にも地理的にも詳細な情報を、誘拐犯や強盗にあたえてくれている人たちもいる。

ありがたい話だ。レイチェルはボストン都市圏とノース・ショア地域で標的を探すことにする。男女を問わず、成功した人々。法執行機関とつながりがなく、大きな家を持つが家族が少なく、身代金を払ったうえで〈チェーン〉を継続してくれそうな人々。

ノートを取り出して、とりあえずの候補者リストを作る。

それからコンピューターを閉じ、革ジャケットをつかみ、そのリストをジッパー付きのポケットに入れると、銀行に戻る。

コリンはレイチェルを待っている。彼女は書類に署名し、それがすべて終わると、口座にお金が振り込まれるまでここで待つと伝える。振り込みは一瞬で完了する。

コリンに礼を言い、ストーリー通りの〈パネラ・ブレッド〉へ行く。コーヒーを注文して隅のブース席に座ると、マックをひらき、フリーのＷｉ‐Ｆｉに接続してトーアのブラウザをダウンロードする。どこからどう見ても怪しげだ。それでもアイコンをクリックすると、たったそれだけでダークウェブにつながる。ダークウェブのことは噂に聞いており、銃や規制処方薬物や麻薬が買える場所だということは知っている。

ビットコインを買えるところを見つけ、手順をひととおり読み、自分の口座を作り、ヴィザ・カードで一万ドル相当のビットコインを買う。さらにこんどはファースト・ナショナル銀行の口座に振り込まれたばかりの金で、一万五千ドル相当のビットコインを買う。それから〈インフィニティプロジェクツ〉のビットコイン口座を見つけ、金を振り込む。送金には一秒もかからない。

たったこれだけで、身代金の支払いは完了だ。なんと。

次はどうなるの？　むこうから電話してくるのだろうか？　レイチェルは携帯を見つめて待つ。コーヒーをひと口飲み、店内にいるほかの人々を見る。みんな自分が夢の世界に暮らしていることを知らない。鏡のむこう側にどれほど恐ろしい世界があるかを知らない。

ブラウスからほつれた糸を引っぱる。

携帯が鳴り、匿名の発信者からカイリーの新たな写真（こんどはどこかの地下室のマットレスに座っている）とともに、メールが届く。**追って指示がある。忘れるな、目的は金ではなく〈チェーン〉だぞ。後半に取りかかれ。**

後半に取りかかれ？　それはお金を受け取ったということ？　ヘマをしていないといいけれど。

でも、もちろん前半のほうが簡単だ。

レイチェルはマックを閉じて、店を出る。

さて、どうする？　家に帰る？　それはだめ。こんどは使い捨て携帯と銃を手に入れなくてはならない。それをするのに最適な場所といえば、自分の住んでいる地区から遠く離れていて、好奇の眼とマサチューセッツ州の銃規制を逃れられるところ、すなわち州境のむこうのニューハンプシャー州だ。

駆け足でボルボに戻り、乗りこんでキーをまわすと、ギアのきしみとタイヤの悲鳴とともに、ふたたび北へ向かう。

10

木曜日、午前十時五十七分

ラジオでは誰もが、プラストウ近郊で州警の警官が撃たれた話をしている。ニューハンプシャーでは殺人など年に四、五件しか起こらないから、これは大ニュースで、どこの局でもやっている。

その報道が神経にさわり、レイチェルはラジオを消す。

州境を越えてニューハンプシャー州のハンプトンにはいってすぐ、探していた店を見つける――〈フレッドの銃器店と屋内射撃場〉。店の前は何百回も通ったことがあるけれど、立ち寄ることがあるとは夢にも思わなかった。

でも、今日はちがう。ボルボを駐め、店内にはいる。殴られた腹がまだ痛く、歩きながらちょっと顔をしかめる。

フレッドは背の高いどっしりとした、愛想のよさそうな六十代の男で、農機具メーカーの帽子をかぶり、デニムのシャツとジーンズを身につけている。あばただらけの顔をしてはいても、いまだにハンサムだ。何より目を引くのは、腰に低く巻いたガンベルトだろう。二挺のセミオートマチックが開放式のホルスターに収まっている。強盗をしようとする連中を思いとどまらせるためのものだろう。

「いらっしゃい。何かお探しですか？」と彼は言う。

「銃を買いにきたの。ほら、護身用に部屋に置いておけるようなやつを。近所で何度か強盗があったと聞いたものだから」

「ボストンですか？」**あのノーム・チョムスキーと、ハーヴァード・ディベーティング・ソサエティと、テッド・ケネディの？**と付け加えたそうな顔でフレッドは訊く。

「ニューベリーポート」レイチェルはそう答えてから、でたらめな居住地を言ったほうがよかったのではないかと思う。

「拳銃をお探しなんですね？　三八口径とか、そんなような。簡単なやつを」

「ええ、そうなの。運転免許証も持ってきた」

「システムにお名前を入力します。二日間の猶予期間をいただいて、お客さんのチェックをしますから」

「え？　それはだめ、もっと早く何か欲しいの」怪しげに聞こえないようにしながらレイチェルは言う。

「であれば、今日お渡しできるのは、ライフルかショットガンですね、このあたりの」とフレッドは銃の列のひとつを指さす。レイチェルは身長百七十五センチだが、それらはどれも彼女には大きすぎるし、どこかのかわいそうな子供に近づくあいだコートの下に隠しておくには、かさばりすぎるように見える。

「もっとコンパクトなものはない？」

フレッドは顎をこすり、妙に鋭い視線を彼女に向ける。レイチェルは自分がもっと美人ならいいのにと思う。魅力的な女はそんな視線を向けられない……少なくとも、これほどには。二十代の頃は、マーティに言わせればアン・リー監督の《ハルク》に出ていたジェニファー・コネリーに似ていたけれど、もちろんそれはもう昔の話だ。眼は落ちくぼんで隈ができているし、頬の艶も永久に失われてしまった。

「銃身の下限は法律で定められてるんですが、こういうのはどうです？」とフレッドは言い、カウンターの下からレミントン・モデル870エクスプレス・シンセティック・タクティカル・ポンプアクション・ショットガンなるものを取り出す。

「これならいいかも」レイチェルは答える。

「二〇一五年のモデルで、中古です。三百五十ドルでお譲りできますよ」

「じゃあ、それください」

フレッドはためらう。値切られると思っていたのに、レイチェルが言い値で買うのも厭わないほど必死になっているからだろう。駐車場に眼をやり、彼女の車がオレンジ色のくたびれたボルボ二四〇だということに気づく。「じゃあ、こうしましょう。装弾をひと箱と、ちょっとしたレッスンを、おまけでつけますよ。使い方を教えましょうか？」

「ええ、お願い」

フレッドはレイチェルを屋内射撃場に案内する。

「これまで銃を撃ったことはあります？」

「いいえ。持っていたことはあるけれど。ライフルを、グアテマラで。でも、一度も撃たなかった」

「グアテマラ？」

「平和部隊。井戸を掘ってたの。別れた夫のマーティと一緒に。ふたりとも文系の学生だったから、当然ジャングルに送られて、灌漑プロジェクトで働かされてたんだけどね。なんにもわかってなかった。しかも赤ん坊まで抱えてて。カイリーっていうんだけど。考えてみると、ほんとにどうかしてた。マーティがキャンプにジャガーがはいりこんでるのを見たと言いだしたの。誰も本気にしなかったけど。そのライフルを撃ってマーティは腕を痛めちゃった」

「じゃあ、正しい撃ち方を教えましょう」とフレッドは言い、レイチェルにイヤー・プロテクターを渡すと、銃に装弾をこめてみせる。「肩にしっかり押しつけて。反動がありますよ、二十番径ですから。だめだめ、もっとしっかり。体で支えるんです。隙間があると銃が鎖骨にめりこみます。ニュートンの第三法則を忘れないで。どんな力も、それと等しい逆向きの力を生みます」

フレッドがボタンを押すと、天井のレールについた紙の標的が近づいてきて、七メートル半むこうで停止する。あたりには閉所恐怖症になりそうなほどグリースと火薬のにおいがこもっている。標的は銃をかまえた恐ろしげな男だ。おびえた子供ではない。

「引金を引いて。そうそう、そうっと」

レイチェルは引金を絞る。バンというすさまじい音がして、フレッドの言ったとおりになる。ニュートンの第三法則により、銃床が激しく肩を打つ。眼をあけて紙の標的を見ると、標的は消えている。

「七メートル半以内なら、あなたはだいじょうぶです。相手がそれより遠くにいて、逃げていたら、そのまま逃がしてください。言いたいことはわかります？」

「走ってくるやつは引きつければ殺せるし、走り去るやつは警察に通報すればいい」

フレッドは片眼をつむってみせる。「呑みこみが早い」

レイチェルは装弾をもらい、非常用現金で支払いをする。フレッドに礼を言い、店を出て車に乗りこむと、隣の助手席にショットガンを置く。むこうがレイチェルの携帯からなんらかの方法で彼女を監視しているとすれば、これで彼女が本気であり、やるべきことをやっているのをわかってくれるだろう。

11

木曜日、午前十一時十八分

ハンプトン・モールは使い捨て携帯を買うのにうってつけの場所だ。駐車場に車を駐めると、トランクをあけ、カイリーのボストン・レッドソックスの帽子を探す。自分のニューヨーク・ヤンキースの帽子はときに人目を引いてしまう。レッドソックスかペイトリオッツの帽子なら誰も気にしない。目深に引きおろす。

携帯が鳴り、胃がきゅっと縮む。誰からかかってきたのか見もしないで、反射的に「もしもし?」と出てしまう。

「こんにちは、レイチェル。カイリーの担任のジェニー・モンクリフです」

「あ、ああ、ジェニー、どうも」

「今日はカイリーはどうしたのかしら、心配してるんですよ」

「それが、体調が悪いんです。連絡しようと思ってたんですけど」

「連絡は九時前にしてくださいね」

「はい、こんどからはかならず。すみません。今日はお休みさせます、具合が悪いもので」

「どうしたの？　ひどいの？」

「ただの風邪です。きっと。ああ、それに、ちょっと、吐いてましして」

「あらまあ。それはいけないわね。あしたは登校できるといいけれど。みんなの話だと、カイリーはツタンカーメン王について、すごい発表を準備してるらしいから」

「あしたは、んん、どうでしょう。あしたになってみないと。こういうことって、どうなるかわかりませんから。じゃ、失礼しますね。いま薬を買いにきてるところなので」

「どのくらいお休みしそう？」

「さあ。もう切りますね」別の電話がかかってきている。匿名の発信者から。「それじゃ、ジェニー、娘が待ってるもので、急がないと」レイチェルはそう言い、かかってきている もう一本の電話に出る。

「本気でやってくれているでしょうね、レイチェル。頼りにしているわよ。うちの子はあなたが代わりを見つけてくれるまで、解放されないんだから」カイリーを監禁している女が言う。

「ベストを尽くしてる」とレイチェルは答える。

「彼ら、あなたにメッセージを送って、ウィリアムズ一家のことを伝えたと言ってたけど？」

「ええ」

「これを切りぬけても、口外はしないこと。さもないと、あなたもその人たちみたいに報復を受けることになる」

「あたし口外はしない。協力してる。一生懸命やってる」

「なら、その調子で続けて。彼らからあなたがお荷物になっていると告げられたら、わたし、躊躇（ちゅうちょ）なくカイリーを殺すから。肝に銘じておいて」

「お願い、そんなこと言わないで。あたし——」

だが、電話はもう切れている。

レイチェルは携帯を見つめる。手が震えている。この女は明らかに追いつめられている。神経衰弱すれすれのような人物に、カイリーは捕まっているのだ。

むかいの列の車から若い男がおりてくる。おかしな眼つきでレイチェルを見てから、不気味にうなずいてみせる。

あの男も〈チェーン〉の手先？

どこにでもいるの？

泣きたくなるのをこらえて携帯をバッグに入れると、レイチェルは二重ドアを通りぬけてモールにはいる。

〈セイフウェイ〉はすでに開店していて客が大勢いる。店内用の買い物籠をつかむと、感謝祭商品のディスプレイの前を足早に通りすぎ、よくある安価な携帯電話の棚を見つける。適当なものを選び出す。〈AT&T〉の安物ながら、写真と動画は撮れる。十四ドル九十五セント。それを一ダース籠に入れてから、さらにふたつ追加する。十四台。足りるだろうか？　棚にはあと六台しか残っていない。知ったことか。それも全部籠に入れる。

振りかえると、ヴェロニカ・ハートの姿が見える。プラム島でレイチェルの家の五軒先に住んでいるエキセントリックな隣人だ。まずい。はるばるここまで来たのは、こちらのことを少しでも知っている人物に出くわすのを避けるためにほかならない。この携帯の山をヴェロニカに見られたら、世界の終末に備えているのねとか、でもこの世の終わりが来たら、ゾンビに基地局のアンテナを倒されちゃうのよとか、あれこれ言われるだろう。面倒なことになる。ヴェロニカが支払いをして店を出ていくまで、レイチェルは売れ残りのハロウィーン商品の陰に隠れている。

それからセルフサービスのレジで携帯をスキャンする。〈セイフウェイ〉を出ると、こんどは〈エース・ハードウェア〉に行き、ロープ、鎖、南京錠、それにダクトテープをふた巻き買う。

レジにいたのは、エルヴィス風の長いもみあげにサングラスという、すかした男だ。

「三十七ドル五十セント」男は言う。

レイチェルは二十ドル札を二枚渡す。

「〝あなたが思ってるようなことに使うんじゃないから〟とは言わないのかな」レジ係は言う。

なんの話やらさっぱりわからない。「え？」

「これさ」と、レジ係はレイチェルの買ったものを二枚のビニール袋に入れながら言う。「《フィフティ・シェイズ・オブ・グレイ》の入門キットみたいに見えるけど、もっと平凡な事情がきっとあるんだろうね」

本当の事情はもっとずっとおぞましい。「いいえ、あなたの思ってるとおりのことに使うの」そう言うと、レイチェルはそそくさと店を出る。

12

木曜日、午前十一時五十九分

携帯がないから何時なのかさっぱりわからないけれど、まだ午前中だろう。カイリーはそう思う。物音は何も聞こえないが、地下室の窓から外の光が見える。

寝袋にはいったまま起きあがる。部屋が寒すぎて窓ガラスが曇っている。その場駆け足でもすれば、少しは体が温まるだろうか？

寝袋から這い出して、冷えきったコンクリートの床に靴下で立つ。鎖の許すかぎり遠くまで歩いてみるが、大した距離ではない。ベッドの周囲と、奥にある大きな古い鋳鉄製のストーブまでだ。カイリーはストーブの前まで行くと、カメラに背を向けたままそれをぐいと押してみる。動かない。一センチも。すばやく寝袋に戻り、中で身を硬くして、地下室のドアがあく音が聞こえてくるのを待つが、誰もやってこない。

いそがしいのだろう。カメラで監視してはいないようだ。少なくともいまは。おそらくカメラをラップトップに接続して、ときどきこちらの様子をチェックしているのだろう。あのストーブを動かすことができたとして、そのあとは？　たとえ動かせても、ストーブにつながれたまま階段の下に立っているしかなく、外には出られない。

寝袋の中で手首の手錠を調べる。金属と皮膚のあいだに隙間はほとんどない。二ミリぐらいだ。それっぽっちの隙間でも、手錠を少しずつずらしていけば手首からはずせるだろうか？　はずせっこない。フーディーニはどうやったのだろう？　友達のスチュアートはあのフーディーニのテレビドラマにはまって、カイリーにも見なよと勧めてくれた。どの脱出場面でも、フーディーニが手錠から手を引き抜いたことはなかったはずだ。フーディーニはいつも、隠してあった鍵で錠をあけていた。自分もここから出られたら、ああいうサバイバル技術を身につけよう。護身術とか、手錠の鍵のこじあけ方とか。手錠をさらにじっくりと調べる。〝PEERLESS HANDCUFF COMPANY〟という文字が、小さな鍵穴のすぐ下の金属面に刻印されている。鍵を鍵穴に差しこんで、時計まわりか反時計まわりのどちらかにまわせば、手錠ははずれる。必要なのは鍵の代わりにその仕掛けをぱちんとはずしてくれるものだ。寝袋のジッパーは使えない。絵を描くための鉛筆もだめだ。段ボール箱にはいっていたもので使えるものといえば……

カイリーは歯磨きのチューブに眼をやる。材質はなんだろう？　金属？　プラスチック？　油絵の具が金属チューブにはいっているのは知っているけれど、歯磨きは？　仔細に調べてみるが、はっきりしない。〈コルゲート〉の虫歯予防歯磨きだ。予備のバスルームに何年も置いてあった古いもののように見える。底のとがった部分を使って、手錠の鍵をこじあけられるだろうか？

鍵穴にそこを差しこんでみると、まんざら不可能でもなさそうだ。やるならチューブの底を慎重にむしり取って、鍵の形にする必要がある。脱走しようとしているのがばれたら、きっとあの女に殺されるだろう。危険な賭けだけれど、何もしないよりはましだ。

13

木曜日、午後十二時十五分

家の前に小柄な男が立っている。ショットガンは助手席にある。駐車スペースに車を乗りいれると、レイチェルはショットガンに手を伸ばす。窓をおろして、ショットガンを膝に載せる。「こんにちは」と問いかけるように言う。

男は振りかえる。潮だまりの入江に面した二軒先の家に住む、ヘイヴァーキャンプ老医師だ。

「やあ、レイチェル」と医師は田舎くさいメイン訛りで陽気に答える。

レイチェルはショットガンを助手席に戻して、車からおりる。ヘイヴァーキャンプ医師は手に何かを持っている。

「これはカイリーのじゃないかと思うんだ。ケースにあの子の名前が書いてある」

レイチェルの心臓が跳びあがる。たしかにカイリーのアイフォンだ——これでカイリーがどこにいるか、手がかりがつかめるかもしれない。医師の手から携帯をひったくり、オンにしてみるが、現われたのはロック画面だけだ。ギターを弾くエド・シーランの画像と、四桁の暗証番号を打ちこむスペース。レイチェルは暗証番号を知らないし、自分には推測できないのもわかっている。推測が三回はずれたら、アイフォンは二十四時間ロックされてしまう。

「カイリーのです。どこにありました?」何気ない口ぶりを装いながら訊く。

「バス停だよ。チェスターを散歩させてたら、なんと携帯電話が落ちてるんでね、拾ってみたら裏にカイリーの名前が書いてあったんだ。スクールバスを待ってるときに落としたんだろう」

「あの子もさぞ安心するでしょう。ご親切にどうも」

お寄りになりませんかとも、コーヒーをいかがですかとも尋ねない。マサチューセッツのこのあたりでは、死罪に値すると言っても過言ではないが、いまは時間がない。

「じゃあ……おいとましたほうがいいな。淦（あか）を汲み出さなきゃならないんでね。それじゃ」老医師はそう言うと、葦（あし）のあいだを抜けてボートのほうへ歩いていく。

医師がいなくなってしまうと、レイチェルはショットガンやら何やらを家に運びこみ、水を一杯飲んでからマックをひらく。コンピューターがぱっと生き返ると、彼女は一瞬、疑いの眼でそれを見つめる。むこうはマックやアイフォンのカメラを通してこちらを監視しているのだろうか？　何かで読んだことがあるが、フェイスブックの創業者のマーク・ザッカーバーグは、用心のために自分の持つすべての電子機器のカメラに上からマスキングテープを貼りつけているという。レイチェルはキッチンの抽斗からテープを持ってくると、自分もそれをまねして携帯とマックとアイパッドのカメラを隠す。

それからリビングのテーブルを前にして腰をおろす。

作業の続きだ。

子供を誘拐しろ？　レイチェルは自嘲ぎみに笑う。そんなことできるはずがない。どうかしてる。とことん、どうかしてる。

どうすればあたしにそんなまねができるの？

なぜ自分が選ばれたんだろうと、またしても考える。あの連中はあたしのなかに何を見て、子供を誘拐するなんていう極悪非道なまねができる女だと考えたのか？　あたしはいつもいい子だった。ハンター・カレッジ・ハイスクールではオールAの優等生。大学進学適性試験でも優秀な成績を取って、ハーヴァードの面接をものにした。スピード違反をしたこともない。税金も払っている。遅刻もしたことがない。車に駐車違反の警告切符をはさまれていただけで、ひどく気に病んでしまう。それなのに、見も知らぬ一家に対して、人として最低のまねをしなければならないなんて。

窓の外に眼をやる。晴れわたった美しい秋の日。潮だまりの入江には鳥が群がり、干潟では釣り人が何人か餌を掘っている。プラム島のこのあたりは、マサチューセッツ州のこのあたりの縮図だ。潮だまりのこちら側には、小さめの家々が湿地に面して建ちならび、潮だまりの東側には、大きな無人の屋敷が、波のうち寄せる大西洋に面して建ちならんでいる。潮だまりの西側は、一年を通してここで暮らしている消防士、教員、蟹漁師など、労働者ばかりだ。東側には、五月か六月になると、裕福な人々が夏を過ごしにやってくる。マーティもレイチェルも、ここなら安全だろうと考えたのだ。ボストンより安全だろうと。安全――お笑いぐさだ。安全なんてどこにもない。どうすればアメリカの国内で安全に暮らせるなんて考えるほど、うぶになれたのだろう。

マーティといえば。なぜ電話してきてくれないんだろう。オーガスタでいったい何をしてるの？

フェイスブックから選り出した名前のリストを表示し、もう一度それらをスクロールしながら見ていく。

幸せそうな笑顔の数々を。

自分が銃を突きつけて車に引っぱりこもうとしている男の子や女の子の笑顔を。いったいどこに、そのかわいそうな子供を閉じこめておくつもり？　この家は問題外だ。壁は木製だし、防音にもなっていない。その子がわめきだしたら、近所に聞こえてしまう。まともな地下室も屋根裏もない。コリン・テンプルに言われたとおり、態のいい海辺の小屋にすぎない。ひょっとして、モーテルに泊まればいいのだろうか。だめ。話にならない。問題がありすぎる。

窓から潮だまりのむこうの大きなお屋敷群に眼をやったとき、もっとはるかにいい考えがひらめく。

14

木曜日、午後十二時四十一分

レイチェルは寝室に駆けこむと、スカートを脱いでジーンズとスニーカーをはく。赤いセーターを着てパーカーをはおり、カイリーのレッドソックスの野球帽をかぶる。それからフレンチドアをあけてデッキに出る。

葦のあいだに延びる砂の小径を潮だまり沿いに歩いていく。冷たい風、腐りかけの海草。水際の家々から聞こえてくるテレビやラジオの音。岸沿いにぐるりと、潮だまりの海側まで歩いていく。それからノーザン・ブルヴァードにはいると、なるべく人目を引かないようにしつつ、大西洋に面した浜辺に建つ大きな家々を調べはじめる。

避暑に来ていた人々はみないなくなっているが、どれが夏だけの滞在者の家で、どれが通年居住者の家なのか？　プラム島にも水道と下水が通って以来、通年居住者が増えてはいるものの、古くからの資産家というのはみな習慣の奴隷だから、五月末の戦没将兵追悼記念日にやってきては、九月初めの労働者の日にまた渡り鳥のように飛び去ってゆく。

住人が在宅している家を見分けるのは簡単だ。明かりがつき、敷地に車があり、人声がする。住人が一時的に留守にしている家を見分けるのも、そう難しくない。明かりはついていないし、敷地に車もないものの、郵便受けに郵便物が溜まっているし、ガスの元栓も締められていない。

住人が留守にしていて当分は戻ってきそうにない家を見分けるのは、もう少し難しいが、人が思うほどでもない。明かりはついていないし、電気もガスもＷｉ－Ｆｉも切れていて、郵便受けには郵便物もない。とはいえ、週末だけ持ち主が滞在しにくることもありうる。ボストンやニューヨークで月曜から金曜まで仕事をして、土曜の午前中にＬ・Ｌ・ビーンのブーツにコートといういでたちでやってきてみたら、キッチンに見知らぬ女がいて、そばの椅子に子供が縛りつけられていた、なんてことになるのはまずい。

レイチェルが探しているのは、冬の悪天候に備えてある家だ。この時期は北東風がことのほか厳しく、海に面している家々はたいてい砂丘の上にあるとはいえ、満潮時にひどい嵐が来ると、波は家々のデッキを越えて押しよせ、高価な一枚ガラスの窓をたたき破ることもある。だから持ち主は、クリスマスか春まで戻ってこないつもりであれば、東側の窓にすべて板を打ちつけておく。

大きめの家々には何軒かそうしているところがあり、レイチェルの好きな岬の近くにも一軒ある。煉瓦（れんが）造りの家だ。このあたりでは珍しい。というのも島のほかの家々は、ほぼすべて木造だからだ。壁が煉瓦だということにも増してすばらしいのは、地面より低い本物の地下室がある点だ。それによって一九九〇年以前に建てられたものだということがわかる。その年に条例で、プラム島に新たに建てられる家はすべて洪水対策を施さなければならないことになったからだ。つまり、高床式にしなければいけないのだ。

レイチェルは周囲を歩いて、この有望な家を吟味する。海に面した窓には板が打ちつけられている。横手の窓にも。柵を飛びこえて、ヒューズボックスとガスの元栓を調べる。電気もガスも切られていて、郵便受けも空っぽだ。郵便物はすべて転送されているか、局に保管されているのだろう。郵便受けに記された名前を見て、アペンゼラー夫妻の家だと知る。夫妻とはほんの少しだが知り合いだ。年輩の夫婦で、夫は六十代後半。ボストンの出身で、エモリー大学の化学の教授をしていた。妻のエレインはもう少し若くて、五十代後半。どちらも二度目の結婚だ。レイチェルの記憶が正しければ、夫妻は冬のあいだはフロリダ州のタンパへ行っている。

東向きのリアデッキに上がってみる。目隠しの壁がついているので、そこに座っていても、真正面の砂浜を通りすぎる人々にしか姿を見られずにすむ。一年のこの時期、そんな人々は多くない。

裏口をはいれば、そこはすぐにキッチンだ。鍵のかかった網戸があるが、力をこめて引っぱってみるとあいた。キッチンのドアには普通のドアノブがついている。

それを仔細に吟味し、携帯で写真を撮る。十分がかりでその画像をグーグル検索すると、そのノブはシュラーゲ社の〝ジョージ王朝風F四〇型〟だと判明する。いくつかの錠前屋のサイトによれば、ハンマーと鑿（のみ）で機構部分をまっすぐにたたけば壊せるという。

でも気になるのは、キッチンの窓に貼られたステッカーだ。この家は〈アトミック警備〉により守られています、と書かれている。これって、裏口をあけたら三十秒以内とかに警報装置の解除ボックスを見つけなくちゃいけなくて、一定の時間内に暗証番号を打ちこまないと、大騒ぎになるんじゃない？　もっとも、〈アトミック警備〉のステッカーは見るからに古そうだ。かつては鮮やかなブルーだったようだが、すっかり色褪せて薄いグレーになっている。警報装置というのは電気が来ていなくても作動するのだろうか？

アペンゼラー邸にはもうひとつ大きな問題がある。家の横に、砂丘のあいだを抜けて浜辺へ出るたくさんの小径のひとつが通っている。いま頃の時間は誰も通らないものの、朝には犬の散歩や日課の運動をする住民がひっきりなしに通るはずだ。子供が大声で叫んでいたら、地下室の防音をしないかぎり、聞こえてしまう。地下室の窓に大きな板をかぶせればよさそうだが、絶対とは言えない。どうしよう。でも、〝完璧〟は〝充分〟の敵だとヴォルテールも戒（いまし）めている。見つけられる最善の留守宅を探していたら、一週間かかるかもしれない。その一週間、カイリーはどこかの間に合わせの地下牢で震えつづけることになってしまう。警備会社のステッカーと浜へ出る小径をのぞけば、アペンゼラー邸はかなりいい線を行っている。このあたりのほかの住宅からは少し離れているし、砂丘によってそれなりに隔てられてもいる。道路から十五メートル近く引っこんでいるばかりか、西日をさえぎるために糸杉の木まで植えてある。

レイチェルはアペンゼラー邸の裏手のポーチで木製の安楽椅子に腰をおろし、〈ニューベリー住宅警備〉に電話する。

「NHSのジャクソンです、ご用件をどうぞ」と男が言う。ペンキでも削れそうなほど強力なボストン近郊訛りだ。

「あ、どうも。警報装置のことで、ちょっと助けてもらえない？」

「やってみます」

「あたしはペギー・モンロー。プラム島に住んでるの。実は娘がね、エルシー・タナーの留守のあいだ、エルシーのナポリタン・マスティフをお散歩させることになって、鍵を預かったんだけど、窓に古い〈アトミック警備〉のステッカーが貼ってあるもんだから、ドアをあけたら警報装置が作動しちゃうんじゃないかって、心配してるのよ。どうなのかしら？」

レイチェルは嘘をつくのに慣れていない。なるべくしゃべらないようにしたほうがいいのか、それとも疑念を和らげるために饒舌に名前や詳細をしゃべったほうがいいのか、よくわからない。後者を採用してみたが、ヘマをしたのではないかと心配になる。

ジャクソンはあくびをする。「そうですねえ、お望みならわたしがそちらへ行って状況を確かめてもいいんですが、それだと最低でも五十ドルかかります」

「五十ドル？　それじゃ、犬のお散歩のお駄賃より高くなっちゃう」

「でしょうね。まあ、娘さんはだいじょうぶだと思いますよ。〈アトミック警備〉は九〇年代につぶれましたから。〈ブリーズ警備〉が業務の大半を引き継いだんですが、〈ブリーズ〉の連中は〈アトミック〉の古いステッカーを窓から全部はがしたはずですから、もし古い〈アトミック警備〉のステッカーがそこに貼ってあるとすれば、その警報装置はどこにもつながっていない可能性が高いですね。娘さんはもっと新しい会社のステッカーを見てます？」

「いいえ」

「なら、だいじょうぶだと思いますよ。娘さんがもしほんとに困ったことになったら、もう一度電話をください。わたしが行って、できることがあるかどうか見てみますから」

「ありがとう、助かった」

プラム島の反対側の自宅へ戻り、マーティの古い道具箱から鑿とハンマーを見つけ出す。マーティがこの道具箱を実際に何かに使ったことは一度もない。マーティの兄のピートなら、工兵だし、車のエキスパートだし、なんでも修理できるけれど、マーティはちがう。ここへ引っ越してきたとき、この家をまともに住めるようにしてくれたのは、当時の任地から帰国していたピートだった。

気持ちが沈んでくる。カイリーの身に何かあったら、ピートは立ちなおれないだろう。伯父も姪も、おたがいを溺愛している。またしても涙がこみあげてくるが、どうにかこらえる。泣いたところでカイリーは取りもどせない。

ハンマーと鑿をスポーツバッグに入れ、懐中電灯をつかむ。まずいことになった場合に備えて、ショットガンも。ショットガンはバッグにほぼぴったり収まる。

潮だまり沿いの小径を歩いていくうちに、小雨が降りだす。空は灰色になり、西に不吉な黒雲が現われる。雨は歓迎だ。誰も犬を散歩させたり、余計な詮索をしたりしなくなる。

あの女はカイリーを温かくて安全なところに置いてくれているだろうか。カイリーはデリケートな子だ。気をつけてやる必要がある。レイチェルは拳を握りしめて腿をたたく。**いま行くからね、カイリー、いま行くから、いま行くから。**フードをかぶり、ノーザン・ブルヴァードをアペンゼラー邸まで歩いていく。よしよし、表のあの糸杉の木立は、家の中の悪事をかなりうまく隠してくれそうだ。レイチェルは砂の小径にはいり、ふたたび柵を飛びこえる。地下室の長方形の窓をじっくりと見てみる。地面から十五センチ上にあり、幅九十センチ、高さ三十センチ。ガラスをたたいてみる。さほど厚くなさそうだが、アクリル板か厚い板でふさげば、ひょっとすると、うまく音漏れを防げるかもしれない。

裏手のポーチに行き、網戸をあける。心臓がどきどきしてくる。真っ昼間にこんなことをするなんて正気の沙汰ではないが、ぐずぐずしてはいられない。

バッグから鑿を取り出し、先端をドアノブの鍵穴の中央にあてがう。それからハンマーをかまえ、鑿の頭にたたきつける。ガチンという金属音がするが、ノブをまわそうとしても、やはりまわらない。鑿をあてなおし、もっと強くたたきつける。だがこんどは空振りし、ハンマーが木製のドアをえぐってしまう。

やばいよ、レイチェル。

もう一度ハンマーを振りあげてたたきつける。こんどは中心の機構がそっくり壊れ、破片が飛ぶ。鑿とハンマーを置くと、ノブをそっとまわす。

ノブはまわり、ドアを押してみると、ドアはギィッとひらく。

レイチェルはバッグからショットガンと懐中電灯を取り出し、震えながら中へはいる。

15

木曜日、午後一時二十四分

レイチェルは忍びこんだ家の中で立ちどまる。恐怖の三十秒。襲いかかってくる犬はいない。警報器も鳴らない。叫び声もしない。たんなる幸運ではない。きちんと事前調査をしたおかげだ。

家の中は黴（かび）くさく、誰もいない。キッチンには埃がうっすらと積もっている。九月の初めから誰も来ていないのだろう。裏口のドアを閉め、家の中を見てまわる。

一階にも二階にも三階にも興味を惹かれないが、地下室には大いに興味を惹かれる。壁は煉瓦で、床はコンクリート。洗濯機と乾燥機とボイラーのほかには何もない。立ちならんだコンクリート柱が家を支えており、標的はそのどれかに鎖でつなげばよさそうだ。レイチェルは嫌悪とともにそう考える。それから乾燥機の上の小窓を調べる。これは町の大工用品店で板を買ってきてふさごう。

満足と不快感がないまぜになり、彼女は身震いする。こんなことをどうしてそうすらすらと考えられるの？　トラウマのなせるわざ？

　そう。

　薬物療法の日々をまたもや思い出す。あのだるさを。底知れぬ穴にどこまでも、どこまでも、どこまでも落ちていくあの感覚。

　上階に戻り、裏口から外に出てドアを閉め、網戸を閉じると、人影がないのを確かめてから、ポーチの階段をおりて浜辺に出る。

　波しぶきと小雨の中を歩いて、また自宅に戻る。

　リビングのテーブルでマックブックをひらき、標的候補に選んだ人たちのフェイスブックをチェックする。

　しかるべき標的を選ぶことが大切だ。しかるべき犠牲者のいる、しかるべき家庭。度を失って警察へ駆けこんだりしない人たち、身代金を支払える資力と、子供を取りもどすためなら誘拐を実行することも厭わない気力とを併せ持つ人たち。それが選ぶべき標的だ。

　自分はなぜ選び出されたのだろうかと、またしても考える。自分だったらこんな女は選ばない。絶対に。もっとバランスの取れた人間を選ぶ。結婚している夫婦だ、たぶん。お金持ちの。

　レポート用紙を取り出し、長い候補者リストを絞りこめるような基準を考えていく。こちらの知り合いではなく、こちらが誰なのか声ではばれないこと。ニューベリーポート、ニューベリー、プラム島には居住していないこと。でも、あまり遠くにも住んでいないこと。ヴァーモント州、メイン州と、ボストン以南は不可。お金を持っていること。安定していること。警官、ジャーナリスト、政治家は不可。

名前と顔を次々にスクロールしていると、人々が自分の個人的秘密を嬉々としてウェブ上に公開して誰にでも見られるようにしていることに、またしても驚く。住所、電話番号、職業、趣味や行動、子供は何人か、どこの学校に通っているか、すべてわかる。

標的は子供がいちばんだろう。いちばんあつかいやすい。暴れたり逃げたりする恐れはいちばん低いし、家族の心を揺さぶる可能性はいちばん高い。でも、近頃の子供はしっかりと見守られている。誰にも見られずに子供をさらうのは難しいだろう。

「うちの子は別だけど。うちの子なら誰でもさらえる」そうつぶやいてレイチェルは洟をすする。

フェイスブックとインスタグラムとツイッターをすべて見ていく。いま考えた基準をあてはめて、長いリストから五人の子供を選び出す。その子たちを有望な順にならべる。

1　デニー・パターソン……マサチューセッツ州ロウリー
2　トビー・ダンリーヴィ……マサチューセッツ州ベヴァリー

3　ベリンダ・ワトソン……マサチューセッツ州ケンブリッジ
4　チャンドラ・シン……マサチューセッツ州ケンブリッジ
5　ジャック・フェントン……マサチューセッツ州グロスター

「信じられない。あたしがこんなことしてるなんて」とレイチェルはつぶやく。だがもちろん、いい、いい、しなくてもかまわない。警察やFBIに行くこともできるのだ。

それについてじっくりと考えてみる。本当にそうしようかと。FBIはプロフェッショナルだが、カイリーをさらった女は刑事司法制度など恐れていない。恐れているのは〈チェーン〉だ。あの女は〈チェーン〉で自分の上にいる人物に息子を人質に取られている。レイチェルが離反者だと知れたら、カイリーを殺して新たな標的を選び出せという指示を受けるはずだ。あの女の口調はどんどん追いつめられたものになっている。息子を取りもどすためなら、きっとどんなことでもするだろう……

だめ、FBIはだめ。それだけじゃなく、こっちがあの女に指示された電話をかけるときには、こっちの口調もあのぐらい思いつめた危なっかしいものに聞こえなくてはならない。

多彩な標的たちについて書きとめたメモを見る。第一候補はいかにも有望に思える。デニー・パターソン、十二歳。ロウリー在住。同居する母親のウェンディはシングル・マザー。父親の影はなし。母親は破産してはいない。それどころか、かなり裕福なようだ。

　その点を考えてみる。〈チェーン〉を操っている連中の望みは何か？　何よりもまず〈チェーン〉自体が存続することだ。鎖に連なる人々のなかには、かなり裕福な人もいるだろうが、財産以上に重要なのは、環を追加して全体を継続させられる抜け目のなさと慎重さを兼ねそなえていることだ。〈チェーン〉では環のひとつひとつが大切なのだ。標的は資力がなくてはならないが、それだけではなく、有能で、従順で、臆病でなくてはならない。いまのレイチェルのように。預金が数百ドルしかなくとも強い環のほうが、たとえ百万長者でも弱い環よりはいい。

　あらゆる悪の根源には退屈と恐怖がある――キルケゴールはそう述べているが、〈チェーン〉の背後にいる悪党どもが望むのは金を集めることであり、恐れるのは全体を停止させかねない個人だ。

　レイチェルはそういう人物になるつもりはない。

　では、デニーはどうか。デニーの母親は会社を経営していたが、当時の〈アメリカ・オンライン〉に買収された。息子を愛しており、しじゅう自慢している。強い女のようだから、取り乱したりはしそうにない。歳は四十五。ボストン・マラソンを二度走っている。二〇一三年と去年と。去年のほうが速い。四時間二分。

　デニーはテレビゲームとセレーナ・ゴメスと映画が好きで、何より〈レイチェルの眼から見て）すばらしいのは、サッカーに夢中になっている点だ。週に三回、学校が終わったあと練習に行き、歩いて帰ることもよくある。

歩いて帰る。

くるくるヘアの、かわいい普通の子供。アレルギーもないし、健康上の問題もなく、年齢のわりに大きくもない。むしろ平均よりやや小柄に見える。チームのゴールキーパーでは絶対になさそうだ。

母親のウェンディには妹がいて、アリゾナに住んでいる。父親はそばにいない。再婚してサウスカロライナに住んでいる。

家族に警官はいないし、政治家とのつながりもない。

ウェンディはデジタルの未来を信奉しており、起きている時間はそれこそ一分ごとに自分がどこで何をしているかを、インスタグラムに上げたりツイートしたりしている。だからレイチェルがサッカーの練習中のデニーを見張っていても、ウェンディは自分の居どころを逐一教えてくれるはずだ。

子供1はとても有望に思える。そこでこんどは子供2を見る。ベヴァリー在住のトビー・ダンリーヴィ。こちらも十二歳。妹がいる。母親は自分たちのすることなすことを、ひっきりなしにフェイスブックで報告している。

ヘレン・ダンリーヴィのフェイスブック・ページをのぞく。にこやかに微笑む三十五歳前後のブロンドだ。〝ノイローゼではありません。いそがしすぎて、ノイローゼになっていられないの〟という言葉が写真の下にある。ヘレンは夫のマイクと、息子のトビー、娘のアミーリアとともにベヴァリーに住んでいる。マイクはボストンのスタンダード・チャータード銀行で経営コンサルタントをしており、ヘレンはセイラムでパートタイムの幼稚園教諭をしている。アミーリアはトビーより四歳下の八歳だ。

レイチェルはフェイスブックのフィードをスクロールしていく。ヘレンは週に二日、午前中だけ幼稚園で教えており、あとの時間はフェイスブックの友達たちに家族の行動を報告して過ごしているようだ。マイク・ダンリーヴィはボストンで長時間働いているらしく、たいていの日は夜遅くまで帰ってこない。どうしてわかるかというと、ヘレンがマイクの乗ってくる電車の時間と、子供たちを寝かさないで待たせておくかどうかを、しじゅう投稿しているからだ。

就活SNSの〈リンクトイン〉にマイクの経歴を見つける。三十九歳、ロンドン出身、最近までニューヨークに在住。政界にも警察にもいたことはなく、経済的にも充分に安定しているようだ。サッカーが好きで、経営コンサルタントになる前はオークションの仕事をしていた。自慢は、ピエロ・マンゾーニ制作の《芸術家のクソ》の缶詰を売ったことだとある。

ヘレンは三人姉妹の次女で、姉と妹は専業主婦だ。ひとりは弁護士と結婚しており、もうひとりは食品科学者の夫と離婚した。

子供たちは毎日欠かさず学校まで送り迎えされているが、トビーが候補者として魅力的なのは、最近アーチェリーを始めたという点だ。週に二回、〈セイラム地区アーチェリー・クラブ〉に通っている。

トビーはアーチェリーに夢中だ。彼のフェイスブック・ページにユーチューブへのリンクがあり、彼がアイニ・カモーゼの歌う〈ヒア・カムズ・ザ・ホットステッパー〉をバックにさまざまな標的を射る、かわいらしい動画が見られる。すばらしいのは、トビーがアーチェリー・クラブから徒歩で帰宅することだ。ひとりだけで。しっかりした子だ。**子供はもっとこうしなくちゃ。**レイチェルはそう思う。だがそこで、自分みたいな人間がいるからこそ、子供からつねに離れないような異様に過保護な親が増えるのだということを思い出す。

子供1も子供2も有望に思えるが、そのほかにまだ三人、頼もしい補欠要員がいる。

レイチェルはコンピューターを閉じ、コートを着ると、板を買うために車で街へ向かう。車内で携帯が鳴りだす。「もしもし?」

「もしもし、レイチェル・オニールさんをお願いします」

「わたしですが」

「どうも、レイチェル。チェイス銀行詐欺対策担当のメラニーといいます。実は、今朝がたあなたのヴィザ・カードに異常な動きがあったもので、お知らせしたいんですが」

「どうぞ」

メラニーはいくつか質問をして身元を確認してから、本題にはいる。「何者かがあなたのカードを使って一万ドル相当のビットコインを購入したようです。それについて何か心当たりはありますか？」

「まさかその注文を止めたりはしなかったでしょうね？」

「ええ、していません。まあ、でも、不審に思いまして——」

「それはあたしです。あたしが購入したの。だからだいじょうぶ。夫と一緒にやっている投資です。ねえ、いまどうしても手が離せなくて、これ以上話していられないの」

「では、異常な点はないんですか？」

「ええ。まったく。問題なし。でも、知らせてくれてありがとう。ほんとにもう切るわね。じゃあ」そう言って、レイチェルは電話を切る。

大工用品店でアペンゼラー邸の地下室の窓をふさぐ板を切ってもらい、帰宅する途中でマーティから電話がかかってくる。やっと来た！

「やあ、スウィーティ、どうした？」といういつもの優しく陽気な声を聞いて、レイチェルは泣きだしそうになる。

どういうわけか、マーティを本気で憎むことができない。いくらそうしたくても。あの緑の瞳と波うつ黒髪が好きなのだ。あの男はろくでなしだよ、と母親には忠告されたけれど、そういう忠告はかならず逆効果になる。

「なに、雨漏りがするんだって？」とマーティは訊く。

「え？」

「屋根がさ。雨が漏ってくるってタミーから聞いたけど？」

「いまどこにいるの？」とレイチェルは言い、〝来てほしいんだけど〟と付け加えそうになる。

「オーガスタだよ。事務所で保養に来てるんだ」

「いつ帰ってくるの？」

「金曜の夕方には戻って、週末のためにカイリーを迎えにいくよ、だいじょうぶ」

レイチェルは嗚咽を呑みこみ、「ああ、マーティ」とささやく。

「もうあしただよ、ハニー。がんばって」

「うん」

「屋根のことじゃないんだろう？　どうしたんだ、ベイブ？　なんだか変だぞ。話してごらん」

あたしがたぶん死にかけていて、娘が誘拐されたということ以外に？　思わずそう言いそうになる。でもそんなことを言ったら、マーティはまっすぐ警察へ行くはずだ。わかってくれようとはしないだろう。

「金のことか？　ぼくのせいだよな、わかってる。次はなんとかするよ、約束する。業者はいるのか？」

「いない。頼りにできる人は誰もいない」レイチェルは抑揚のない声で言う。

「雨はどのくらい漏るんだ？」

「わかんない」

「なあ、ハニー、天気をチェックしてみたけど。今夜、雨の中を来てくれる屋根職人なんていないと思うな。ピートならなんとかしてくれるんじゃないか？」

「ピート？　彼、どこにいるの？」

「ウースターだ。と思う」

「メールしてみる。そのぐらいは認めてもらえると思うから」

「なんの話をしてるんだ？　認めるって誰が？」

「なんでもない。気にしないで。そうね、ピートに頼んでみようかな。考えてみる」

「よかった。じゃあ、スウィーティ、もう切るよ、いい？」

「うん」彼女は寂しく言う。

「じゃあ」マーティはそう言って電話を切る。気持ちが落ちつく彼のバリトンが聞こえなくなると、車内はふたたび寒々しく静まりかえる。

16

木曜日、午後二時四十四分

マサチューセッツ州における鹿猟の解禁日は、弓猟師、対麻痺患者、古式銃愛好家、十八歳以下の者でないかぎり、十一月二十七日だ。

けれどもピートは、マサチューセッツ州の狩猟解禁日など受け容れたことはない。いや、それを言うなら、たいていの法律や規則や条例も。

森林監視員や保安官補に捕まったら、よくても罰金を食らうのはわかっている。だが、捕まるはずはない。ウースター西部の森のことなら、ほかの連中がフェンウェイパーク球場周辺のバーのことや、〈ハリケーン・ベティ〉の女の子のローテーションのことを知っているのと同じくらい、よく知っている。子供の頃からこのあたりの森で狩りをしているのだ。まあたしかに、いまはいくつか問題があって、感覚がいささか鈍ってはいるが、それでも、のろまな保安官補や高視認性ベストを着た監視員などに不意を衝かれたりはしない。

アラスカに引っ越そうかと考えることもよくある。アラスカなら監視員も保安官補も、もっと少ないはずだ。しかし、カイリーのことを思うとそれはできない。せめて彼女が大学へ行ってしまうまでは、マサチューセッツにいようと思う。たったひとりの姪であるカイリーをピートは溺愛している。ほぼ毎日メールをやり取りし、彼女の母親にはとうていつきあえない映画にいつも連れていっている。

ピートは大きな牡鹿を追ってさらに樺の森の奥へはいっていく。鹿は尾けられていることに気づいていない。ピートは風下にいるし、音をまったく立てずに木々のあいだを移動する。得意なのだ。海兵隊では工兵士官だったが、二年間迫撃砲を浴びながら橋を造ったあと、休暇を取ってペンドルトン基地で基礎偵察課程を受講した。終了したときにはクラスのトップに近い成績だった。上からは偵察大隊に移ってほしいと言われたが、ピートは自分を試したかったにすぎない。

ライフルの照準に鹿をとらえて、心臓の下に狙いをつけるが、引金を絞ろうとしたところでポケットの携帯が振動する。**切っておくべきだった。まさかこんなところまで電波が届くとは。**

携帯を見ると、新たなメールが二通来ている。一通はレイチェルから、もう一通はマーティから。どちらも同じことを知りたがっている。〝いまどこにいる？〟

レイチェルに返信しようとするが、どうしても送信できない。マーティのメールには無視を決めこむ。弟が嫌いなわけではないが、共有しているものがあまりない。六歳も離れているから、マーティが歩くようになり、しゃべりはじめ、まわりに興味を持つようになった頃には、ピートはもう家を出たくてうずうずしていた。そして本当に出ていった。十二歳のとき、隣家のシボレー・インパラを〝借り〟て、はるばるヴァーモント州のイーストフランクリンまで運転していったのだ。愚かにもモントリオールへ行こうとしてカナダの国境で止められ、逮捕された。

だが、何ごとも起きなかった。まったく何も。判事はありきたりのお説教をして、指を左右に振ってみせただけだ。その後もピートは車を盗んだが、もっと慎重になった。国境を越えようとしたり、レースをしたりはしなかった。高校では不良たちとつるんでいたが、B平均を取っているかぎり誰も気にしなかった。学校は退屈だったが、どうにかボストン大学にはいり、土木工学を学んだ。大学ではおおむねC平均を取っていた。大半の時間はコンピューターで設計ソフトウェアを使って、絶対に造れない突飛な吊り橋や、どこにも需要のない旧式な片持ち梁の橋を設計して遊んでいた。そして自分の将来になんの計画も考えもないまま、二〇〇〇年の五月に卒業した。

ニューヨークに出て、急成長するワールド・ワイド・ウェブでサイバーセキュリティ専門家として生計を立てようとした。インターネットは新たなゴールド・ラッシュだ。誰もがそう言ったが、ピートはまちがった川で砂金をすくおうとしていたのだろう、学生ローンの利子を払いつづけるのがやっとだった。

ところが一年後――あの九・一一が起こる。

翌朝ピートはタイムズ・スクエアに行った。世界が一変していた。当時ニューヨークにいた人間なら、あの翌日のことはけっして忘れないだろう。タイムズ・スクエアの新兵募集ブースには、三十四丁目まで続く長い行列ができていた。祖父は海軍にいたことがあった。ピートは工学の学位とその家庭環境により、募集官に海軍か海兵隊を推薦されて、海兵隊を選んだ。そしてそのまま十三年間をそこで過ごした。幹部候補生学校、工兵隊、七回の海外勤務、五回の手術室行き。除隊後はしばらく旅をしてから、結局ウースターへ戻ってきた。

人生の一章が終わったのだ。いまのピートはどこにでもいる無職の四十男であり、鹿肉をただで少しばかり手に入れないと、この冬を越せない。

牡鹿は流れから水を飲もうと、大きな頭を下げる。左の脇腹にひと筋の傷痕がある。おたがいに戦いを経験してきたようだ。

狙いをさえぎるものはないが、何かがあの鹿はお預けだと告げる。首筋にあのいつもの予感を感じる――何かが起こりそうだ、何かがおかしいと。

メールをもう一度見る。〝いまどこにいる?〟

レイチェルに困ったことでも起きたのだろうか。ピートはライフルを肩に載せ、電波が届く場所を求めて小高いところを探す。だが彼の携帯は、バッテリー残量があと一パーセントだと告げている。

滝の上の小さな丘に登り、そこからメールを送ってみるが、それにかかった二分のあいだに携帯は当然、息絶える。大鹿が振りかえってピートを見る。三秒間じっと見つめ合う。驚いた鹿は、木々のあいだにさっと姿を消す。それをピートは後悔とともに見送る。ただで手にはいる食料など、しょせんこんなものだ。ライフルを抱えて自分のトラックへ戻りはじめる。

すると皮膚がむずむずしてくる。もうそんな時間か？　空を見あげる。まだ三時にはなっていないはずだが。なっているようだ。色づいた森の中を歩いていくと、自分のピックアップトラックが防火帯にもとのまま駐まっている。携帯の充電器はあいにく持ってきていないので、ウースターのアパートメントに帰るまで、レイチェルの用件がなんなのかはわからない。

17

木曜日、午後三時二十七分

カイリーは寝袋にくるまったまま、片手に歯磨きのチューブを持って座っている。手錠の鍵をこじあけようと奮闘したせいで手首が痛い。スチュアートが彼女に見せたがったユーチューブ動画のことを思い出す。手錠をはずす三通りのやり方を紹介する動画だ。スチュアートはフーディーニとか、奇術とか、脱出とか、そういうものが好きなのだ。でも、カイリーは見なかった。自分の携帯をスクロールして、ギザの大ピラミッドで新たに発見された秘密の部屋についての動画を探していた。

こんどはちゃんと見よう。

こんどがあればの話だけど。そう思ったとたん、恐怖が襲ってくる。

深呼吸をして眼を閉じる。

奇術は彼女も好きだ。

古代エジプト人は神々と悪魔だらけの世界に暮らしていた。

ここにも悪魔はいるけれど、どちらも人間だ。

ママは犯人たちに要求されたことを、やってくれているだろうか。あの人たちはママをほかの人とまちがえたんじゃないだろうか。誰か銀行の金庫とか、政府の秘密とかに近づける人と……

息を深く吸ってから、ゆっくりと吐き出す。もう一度。

いくぶん気持ちが落ちつく。完全にではないけれど、いくぶん。

静寂に耳を澄ます。

いや、静寂ではない。かならず何かが聞こえる。虫の声。ジェット機の音。遠くを流れる川の水音。チクタクチクタクと時が過ぎていく。あの川があたしを連れ去ってくれないだろうか。ここから、この人たちから、何もかもから。どこへでもいいから。仰向けになってぷかぷかと、沼地を抜けて大西洋まで流されていきたい。

だめだめ。そんなのはまやかし。ただの夢。現実はこれだ。この地下室。この手錠。**いまを離れないで。**みんながばかにしていたあの瞑想（マインドフルネス）の授業で、学校のカウンセラーはそう言った。**現在を離れないで、いま眼の前にあるすべてのものを見なさい。**

カイリーは眼をあける。

そして見る。本当に見る。

いま眼の前にあるすべてのものを見る。

18

木曜日、午後三時三十一分

ウェンディ・パターソンはロウリー小学校でデニーを車に乗せて、ロウリー高校までサッカーの練習に送っていくと、自分はイプスウィッチまで車を走らせ、〈スターバックス〉でソイチャイラテを買う。そしてそのラテと、デニーのために買った感謝祭のクッキーとを、写真に撮ってインスタグラムに上げる。

デニーはすでにサッカーウェアに着替えて、チームとともにドリブルの練習をしている。レイチェルは通りのむかいに駐めたボルボ二四〇からそれを見ながら、携帯でウェンディのツイッター、フェイスブック、インスタグラムを監視している。デニーを見ているうちに、気分が悪くなってくる。よくもこんなまねができるものだと、迷いが生じてくる。これほど母親というものに、家族というものに対する非道なふるまいもない。だがそこで、どこかのいかれた女の地下室に閉じこめられているカイリーのことを考える。極悪非道なまねだとしても、やらなくてはならないのだ。

サッカーをするデニーを見張っていると、やがて練習が終わる。チェックしてみると、ウェンディはまだイプスウィッチの〈スターバックス〉にいる。よし。小雨はもうやんでいるから、デニーは徒歩で家に帰るだろう。ウェンディのフェイスブックには、息子を迎えにくることをうかがわせる書きこみはない。

いまデニーを拉致できるだろうか？

今回は実行のためではなく、偵察のつもりで来ている。アペンゼラー邸の準備がまだ整っていない。地下室の窓もふさいでいないし、マットレスも運びこんでいない。でも、チャンスがみずから訪れたら？

友達とふたりで歩いていく少年を、レイチェルは車で尾行する。ふたりまとめて誘拐するのはどう考えても無理だから、ふたりが別れるまで待つほかない。

さぞや怪しげに見えることだろう。ふたりの少年のあとを時速七、八キロでのろのろと尾けているのだから。

レイチェルはまだこの計画を最後まできっちりと考えぬいていない。デニーの家がロウリーのどこにあるのかも知らない。本道に面しているのか。袋小路なのか。高校から家までのルートをグーグル・マップで調べておかなかった自分を呪う。

友達はデニーと一緒に数ブロック歩くと、そこで手を振って別れていき、デニーはひとりになる。

デニーひとりきりに。

レイチェルの鼓動が速まる。助手席を見やる。銃、スキーマスク、手錠、目隠し。

窓をおろし、ミラーをチェックする。

目撃者がいる。犬を連れた老人。ジョギングをしている女子高生。ロウリーはのんびりした小さな町だが、今日はそれほどのんびりしているわけでもない。するとそのとき、デニーがいきなり一軒の家の私道へはいっていき、ポケットから鍵を取り出して、家の中へ姿を消す。

レイチェルは家のむかいに車を駐めて、ウェンディのフェイスブックをのぞく。これから帰宅する、という書きこみがある。

デニーがひとりきりでいるのは、あと八分か九分だ。いや、本当にひとりきりだろうか？　犬とか家政婦とか、何かがいるのでは？

スキーマスクをかぶって通りを渡っていき、ドアベルを鳴らすなんて、そんなことができるだろうか？　すばやく走り去らなければならないのに、どうやって車に連れこめばいいのだろう？　映画だとよく、単独の誘拐犯は犠牲者をおとなしくさせるのに、クロロホルムを染みこませた布を使う。クロロホルムなんて薬局で買えるのだろうか？　量を誤ってあの子を心停止させてしまったらどうするの？

レイチェルは両手で顔をおおう。

なんでこんなことになったのだろう。いつになったらこの悪夢から目覚めるのだろう。そんなことを繰りかえし繰りかえし考えているうちに、もはや手遅れになる。ウェンディの白いフォルクスワーゲンのSUVが家の前に駐まり、ウェンディがおりてくる。

レイチェルは自分に悪態をつく。

あたしが台なしにしたのだ。ほとんどわざと。まったくの小心さから。

ところがデニーは、母親が帰ってくるとすぐに隣の家の子と、その家のゴールリングでバスケットボールを始める。

そのふたりをレイチェルはむさぼるように見つめる。ライオンが獲物を見つめるように。

こうなったらどちらでもかまわない。どっちかをひとりにできれば……

時計を見る。まだ五時前だ。けさ目覚めたときの自分といまの自分は、もはやまったくの別人だ。J・G・バラードが指摘するように、文明とはジャングルの掟をおおい隠す薄っぺらなベニヤ板にすぎない。結局のところ、**かわいいのは他人より自分。他人の子より****わが子なのだ。**

一対一のバスケットボールの試合が終わると、デニーはまた自分の家にはいる。数分後、ローウェル市警のパトロールカーがパターソン家の前に駐まり、身長百九十センチの制服警官がおりてくる。

レイチェルはシートの上で身を低くするが、その警官は彼女を捕まえに来たわけではない。特大のレゴの箱を持っている。パターソン家のベルを鳴らし、ウェンディに迎えられる。ウェンディは警官にキスをして、中へ招きいれる。警官がデニーの髪をくしゃくしゃにしてから箱を渡すのが、リビングの窓越しに見える。

ウェンディはフェイスブックとインスタグラムで何もかも報告しているわけではなかったらしい。これで子供1は消しだ。法執行機関には知らせるな——ルールは明快だ。レイチェルは手帳と携帯を取り出す。子供2が子供1に昇格する。

トビー・ダンリーヴィが。

母親のヘレン・ダンリーヴィのフェイスブックを見る。ヘレンを選んだのは、ヘレンもまた、自分の身に起こることを何もかも三十分おきに世間に公表せずにはいられない人種のひとりだからだ。しかもヘレンは感じのいい女性のようだし、よき母親でもある。まさにこちらの望みどおりの人物——わが子を取りもどすためならどんなことでもしてくれる母親だ。

次に夫のマイクをじっくりとチェックする。スタンダード・チャータード銀行なら、職場としてはかなり安全で退屈だ。ストレスに対処するのには慣れているだろうし、身代金を支払えるだけの給料ももらっているはずだ。イギリス人だけれど、長年マンハッタンで暮らしていた。マイクは食べ物ブログを書いており、〝〈ゼイバーズ〉とアッパーウェストサイド、どちらが先か？〟というふざけたタイトルの投稿もある（〈ゼイバーズ〉はアッパーウエストサイドにある老舗高級食料品店）。こちらも感じのいい男だ。地獄を味わわせるのは気が進まない。でもそれを言うなら、レイチェルのいま味わっているものなど、誰にも味わわせるべきではない。

ここから逃れる別の方法はないものだろうか。レイチェルはもう一度知恵を絞ってみるが、何ひとつ考えつかない。〈チェーン〉の指示に従え。それだけだ。〈チェーン〉の指示に従えば、子供は帰ってくる。従わなければ……

トビーのタンブラー（ブログ投稿サイト）をのぞいていると、アイフォンが鳴りだす。画面に〝発信者不明〟と表示される。

「もしもし？」レイチェルは恐る恐る言う。

「進捗ぐあいはどうだ？」と、ひずんだ声が尋ねてくる。何者かがボイスチェンジャーを通してしゃべっている。けさ九十五号線に乗っていた彼女に最初に接触してきた人物だ。

「誰なのあなた？」レイチェルは尋ね返す。

「おまえの友人だよ、レイチェル。おまえに真実を告げてくれる友人だ。たとえその真実がどれほど苦いものだろうと。おまえは哲学者だったな」

「たぶん――」

「ならばこういう言葉は知っているだろう。〝生者とは死者の一種でしかない、それもごく稀少な種(しゅ)だ〟。〝揺り籠は深淵の上で揺れている〟、ちがうか？　娘の名はカイリーだったな？」

「ええ。すごくいい子よ。あたしのすべて」

「娘を生者の国にとどめておきたければ、そして無事に取りもどしたければ、おまえは自分の手を汚さなくてはならない」

「わかってる。いま標的たちを調査してるところ」

「けっこう。われわれもそれを望んでいる。手元に紙はあるか？」

「ええ」

「書きとめろ。2、3、4、8、3、8、3、h、u、d、y、k、d、y、2。復唱してみろ」

レイチェルはそれを読みあげる。

「それが今回の〈チェーン〉のウィッカー・アカウント名だ。ウィッカーの綴りはW・i・c・k・r。アプリを携帯にダウンロードする必要があるぞ。標的として考えている連中の詳細をそのアカウントに送れ。こちらでそのリストを吟味してやる。おまえの選んだ標的を拒否することもある。ときには候補者全員を拒否することもあるし、こちらの選んだ標的を推薦することもある。わかったか？」

「たぶん」

「わかったのかわからなかったのか、どっちだ？」

「わかった。ねえ、ここから先は協力者が必要になりそうなんだけど、別れた夫のマーティを引き入れていいかどうかわからなくて。彼はまっすぐ警察へ行こうとするかもしれないから」

「ならば引き入れないほうが身のためだ」ひずんだ声はすかさず答える。

「マーティの兄のピートは？　海兵隊員だったんだけど、絶対に法執行機関のファンじゃない。子供の頃に警察の厄介になってるし、去年ボストンで逮捕されてもいるみたいだし」

「そんなものは大した根拠にはならない。ボストン市警はどんなつまらない容疑でも逮捕するという話だ」

　レイチェルはそこに小さなチャンスを見て取る。芽の出ない小さな種かもしれないけれど、種にはちがいない。

「そうね」と答えてから、さもどうでもよさそうにこう付け加える。「赤信号で渡っても逮捕されるし、〝Uターン（ユーィ）をぶっても〟逮捕されるし」

　ひずんだ声はふくみ笑いを漏らし、「まったくだ」とつぶやいてから、すぐに用件に戻る。「義理の兄を引き入れることを許可するかもしれない。その男の詳細をウィッカーに送れ」

「けっこう。われわれは前進している。こうして長年にわたり稼働してきたんだ。〈チェーン〉はじきにおまえを通過するだろう」声の主はそう言うと、通話を切る。

ローウェル市警の警官がパターソン家から出てきて、パトロールカーのほうへ歩きだす。ウェンディが戸口に現われて手を振る。

さあ、この通りと町からとっとと撤退しよう。

レイチェルはイグニションのキーをまわす。エンジンがバックファイアを起こし、警官がさっとレイチェルのほうを見る。やむなく彼女は窓越しに手を振ってみせる。これでまたひとり今日、彼女が妙なことや怪しげなことをするのを目撃した人物が増える。

一号A線を北上してロルフェス・レーンに曲がり、ターンパイクに出て橋を渡り、プラム島へ戻る。

自宅まであと半ブロックのところで、カイリーのちょっとオタクな友達のスチュアートが近づいてくるのに気づく。まずい。

運転席の窓をおろしながら、車を停める。「こんにちは、スチュ」と何ごともなかったように言う。

「あ、オニールさん、じゃなくて、えと、クラインさん。あの、カイリーは……カイリーは今日どうしたのかなと思って。メールがひとつも来ないから。M先生から病気だって聞きましたけど」

「そうなの、ちょっと具合が悪いの」レイチェルは言う。

「やっぱり。どこが悪いんです？」

「ほら、胃腸炎とか、そんなやつ」

「うわ。ほんとに？　昨日は元気そうだったのに」

「急にきたの」

「ですよね。けさメールをくれたけど、何も言ってなかったし。あのエジプト学の発表をパスしようとしてるのかなとも思ったけど、それはおかしいでしょ。だって――」

「カイリーはその道の専門家だものね。いまも言ったけど、すごく急にきたの」

スチュアートは当惑しているらしく、完全には納得していない。「とにかく、みんなカイリーにメールしたのに、ぜんぜん返事が来なくて」

レイチェルはもっともらしい言い訳を考え出そうとする。「それは……そうなのよ、うちのWi-Fiがつながらなくなっちゃって。だから連絡が取れないの。メールもインスタグラムもなんにもできないから」

「電話してくれる時間ぐらいあったと思うんだけどな」

「なかったの」

「あの、ぼくが行ってWi-Fiを見てあげましょうか？　ルーターの問題かもしれない」

「だめ、やめたほうがいい。あたしも胃腸炎のウィルスにやられそうだから。すごくうつりやすいの。あなたもかかったら困る。カイリーにはあなたが心配してたって、ちゃんと伝えておくから」

「はあ、わかりました、じゃあ」スチュアートはそう言い、レイチェルにじっと見つめられてしかたなく向きを変え、手を振り、もと来たほうへ歩きだす。

レイチェルは家までの残りの五十メートルを運転していく。これは考えていなかった。カイリーの学校友達は四六時中メールをやり取りしている。カイリーが一時間以上も音信不通になったら、みんなの生活に大きな真空が生まれる。そしてじきにこっちは、もっともらしい言い訳の種が尽きてくる。こんなことまで心配しなくちゃいけないなんて。

19

木曜日、午後五時十一分

ピートはまだ家に帰りついていないが、もう我慢できなくなる。一日じゅう森にいたのだ。

皮膚がむずむずしている。燃えている。それは『阿片常用者の告白』を書いたド・クインシーの言うとおり、絶対に掻くことのできないむずがゆさだ。

二号線を離れ、ダッジ・ラムを州立ワチューセット山保護区へ乗りいれる。そこに誰も訪れたことのない池がある。

シートの後ろへ手を伸ばしてバックパックをつかみあげる。

道の前後を見渡して、誰もいないのを確認する。バックパックからビニールの小袋にはいった極上のメキシコ産ヘロインを取り出す。合法アヘン剤の取り締まりが強化されてからというもの、退役軍人病院を通じて薬を手に入れている患者はみな、そのあおりを受けている。ピートはその不足をダークウェブ経由でしばらくは埋めていたものの、やがてそこも取り締まりが厳しくなった。いまではヘロインのほうが、合法のオキシコンチンより手に入れやすい。それにどのみち、ヘロインのほうが効きもはるかにいい。ことにゴールデン・トライアングルのH（ヘロイン）と、メキシコのゲレーロからはいってくる新たなブツは。

スプーンとジッポのライター、注射器、腕を縛るゴムバンドを取り出す。ヘロインを調理し、腕を縛って静脈を浮かせ、クスリを注射器に吸いあげ、針をはじいて気泡を出す。クスリを注射すると、意識を失ったところへ余計な公園管理官がやってきた場合に備えて、手早く道具をグラブ・コンパートメントにしまう。

フロントガラスのむこうの色づいた木々と、空色の池の水を見る。紅葉はまだ盛りではないが、それでも美しい。燃えるようなオレンジと赤、茶色がかったクレイジーな黄色。リラックスしてヘロインを血流に溶けこませる。

退役軍人のなかにアヘン剤常用者がいったいどのくらいいるのか、統計を見たことはないから知らないが、かなりの数にのぼるだろう。ことに二度、前線勤務に就いた連中は。二〇〇八年に急増したときには、ピートの中隊の全員がどこかを痛めたり負傷したりしていた。だが、しばらくすると誰も衛生兵のところへ行かなくなった。どういうことか？衛生兵は脳震盪（のうしんとう）や肋骨の骨折やぎっくり腰に対しては、何もできなかったのだ。だからこちらは、仲間たちが出動して街道を確保したり、橋から爆発物を取りのぞいたりしているときに、ぼんやりとベッドに寝ているしかなかった。

こういうアヘン剤の効能、ヘロインの効能は、体から痛みを一時的に取りのぞいてくれることにある。地上を歩いている歳月のあいだに積もり積もった痛み。骨と骨がこすれる痛み、転んだことによる痛み、鉄骨を落とされたことによる痛み、重機の無資格操作によりこうむった怪我の痛み、涸れ谷(ワジ)に十メートルも転落したことによる痛み、十メートル後ろから手製爆弾の激しい衝撃波を受けたことによる痛みを。

だが、それはたんなる肉体的な痛みだ。

ピートは座席を後ろへ倒して、ヘロインに悩みを和らげてもらう。眠りでさえこんなふうには悩みを和らげてくれない。脳内のμ(ミュー)オピオイド受容体が引き起こす一連の反応によってドーパミンが放出され、多幸感が押しよせてくる。

眼がひくひくと動き、池のむこう岸に茂るぼきぼきした奇妙な木々と、舞い落ちる木の葉と、水銀のような池の表面を細い脚で歩く鳥たちが、回転覗き絵(ゾエトロープ)さながらにぎくしゃくと動く。ヘロインをやるとかならず記憶と映像が脳裡に押しよせてくる。たいていは悪い記憶だ。戦争の記憶。九・一一のこと。今日はキャラとブレアのことを思い出す。ピートは四十歳になったばかりだが、すでに二度離婚している。もちろん彼の知るほぼ全員が同じ問題に直面しているが、下士官はことにひどい。最後の海外勤務で一緒だったマクグラース軍曹など、四回も離婚している。

キャラは若気の過ちにすぎなかった。結婚していたのはわずか一年一ヵ月だ。けれどもブレアは……いやはや、ブレアはタウンズ・ヴァン・ザントの歌そのままだった。ピートの心と暮らしと金を、ごっそり持っていった。

金。もうひとつの心配の種。あと七年海兵隊にいれば、ピートは除隊して年金をもらえた。ところが実際には、軍法会議にかけられるのをかろうじて免れたにすぎない。二〇〇一二年九月にアフガンのバスティオン基地で起きた奇襲事件のせいだ。

女も、金も、あのろくでもない戦争も……みんなくそくらえだ。ピートはそう思い、眼を閉じておとなしくヘロインに癒される。

Hは彼を癒してくれる。

強力に癒してくれる。

二十分ほど眠って目覚めると、セブンイレブンへ車を走らせてマルボロをひと箱とゲータレード一本を買う。レイチェルのことはしばらくのあいだすっかり忘れている。

運転席に戻り、ラジオをつける。ブルース・スプリングスティーンがかかっている。それは新しいスプリングスティーンで、新しいスプリングスティーンをピートはよく知らないが、その曲はなかなかいい。煙草に火をつけてゲータレードをひと口飲むと、ホールデンまで車を走らせ、そこで百二十二号A線にはいってウースターへ戻る。

ウースターに帰ってきて二ヵ月になる。この町に感傷はとくにそそられない。家族は誰も残っていないし、昔からの友人もほとんどいない。部屋があるのは分譲アパートメントに改装された古い工場だ。眠るのと郵便物を受け取るのに使うだけの、ねぐらにすぎない。

車を駐めて中にはいる。

冷蔵庫からサム・アダムズを一本取り出し、アイフォンを充電ケーブルにつなぐ。アイフォンが生き返ると、レイチェルからの二通目のメールを見る。

〝あなたを引き入れてもかまわないと伝えられた。電話して。よろしく！〟と書いてある。

かけてみると、レイチェルはすぐさま電話に出る。「ピート？」

「うん、どうした？」

「いま家？」

「うん。どうしたんだ？」

「こっちからすぐにかけなおす」と彼女は言う。

携帯が鳴る。〝発信者不明〟と表示される。「レイチェル？」

「使い捨て携帯からかけてるの。ああ、ピート、あたし誰かと相談しなくちゃいけなくて。マーティに相談しようとしたんだけど、マーティはいまジョージアにいるから。あたしもう――」声がすすり泣きに変わる。

「事故でも起こしたのか？　何があった？」ピートは訊く。

「カイリーがね。カイリーがさらわれたの。誘拐されちゃったの」

「ええ？　それはまちがいないの？　ちょっと誰かの——」

「誘拐されたんだってば！」

「警察に知らせた？」

「警察には知らせられないの。誰にも知らせられないの」

「警察に電話するんだ。いますぐ！」

「だめなんだってば。わけがあるの。あなたには想像もつかないほどたちが悪いのよ」

20

木曜日、午後六時

ピートはレイチェルと同じことを繰りかえし考える。そいつらがカイリーの髪の毛一本でも傷つけたら、おれはそいつらの世界を焼きはらい、くすぶるその灰を踏みにじってやる。残りの生涯をかけてもそいつらを捜し出して、皆殺しにしてやる。

誰にもカイリーに危害は加えさせない。かならず取りもどす。

九号線沿いの貸倉庫ヤードまでダッジ・ラムをすっ飛ばし、三十三番倉庫の外に駐める。借りられるいちばん大きな倉庫だ。ガレージふたつ分の広さがある。最初は小さめのものを借りていたのだが、やがて中ぐらいのところへ引っ越し、いまでは〝デラックス保管施設〟を借りている。南京錠をはずし、金属シャッターを上げると、照明のスイッチを入れ、中にはいってシャッターをおろす。

母親が自宅を売って、アリゾナ州スコッツデール近郊の避寒地へ移住していったときに、ピートは自分のものをすべて引き取ってここへ放りこんだ。そしてそののちも、増えたものはみなここへ置くようになった。いま住んでいるアパートメントを買うまで、自分の家というものを本当には一度も持ったことがなかった。ルジューン基地の既婚者住宅と、イラク、カタール、オキナワ、アフガニスタンの海兵隊宿舎を転々として暮らしてきた。貨物鉄道の廃線と道路のあいだにあるこの匿名の貸倉庫が、いまのところ恒久的な家にもっとも近いものだ。

ここで昔のガラクタをひとつひとつ取り出していれば、何時間でも過ごせるが、今日は思い出の詰まった箱にはいっさい眼をくれず、まっすぐ奥の壁ぎわの銃器キャビネットへ行く。電話で話したときのレイチェルは興奮していて、要領を得なかった。カイリーが誘拐されたというのに、いまの段階では警察に知らせたくないという。犯人に協力して、要求されたことを実行したがっている。彼女を説得してFBIを介入させられない場合、自前でしっかりと武装する必要が出てくる。ピートはキャビネットの鍵をあけると、まず二挺の拳銃（祖父のものだった海軍支給の四五口径ACPと、自分のグロック19）を取り出し、次にウィンチェスターの十二番径ショットガンを取り出す。ライフルはすでに運転席に積んである。

それぞれの銃の予備弾薬を持ち、こっそり持ち帰った閃光音響手榴弾を二本つかむ。これが救出作戦になるとしたら、ほかに何が必要か？　破壊侵入用具を持つ。ロックピックのキット、大ハンマー、電磁アラーム妨害器、ゴム手袋、懐中電灯。それに、除隊後にやった会社の仕事で手に入れた盗聴用具と対盗聴用具も。

それらをすべてダッジ・ラムに積みこみ、**ほかには？**と考える。

グラブ・コンパートメントからヘロインのはいったジッパー付きのビニール袋を取り出す。

コールドターキーになるときだろう。麻薬を断つときだ。ここへ置いていけ。

いまはほかにやるべきことがある。

こんなチャンスは二度と訪れない。

燃やしてしまえ。苦しみを乗りこえろ。カイリーを取りもどせ。

森の中の別れ道。同時に両方を行くことはできない。そんな詩を思い出す（ロバート・フロストの詩）。

ピートはそこにたたずむ。

迷いながら。

考えながら。

首を振り、そのビニール袋を上着のポケットに入れると、シャッターをおろして車に乗りこみ、ゲートを出てハイウェイへ向かう。

21

木曜日、午後八時三十分

眼がかすんで頭がくらくらしてくるまで、レイチェルはダンリーヴィ家のことを調べる。もはや彼らのことには本人たちよりも詳しくなっている。

ブログもフェイスブックのフィードもインスタグラムの投稿も、すべて読みつくした。ツイートもリツイートもことごとく。いろんなことがわかった。トビーがアーチェリーを始めたのは、父親の弓猟好きにではなく、デンマークの速射名人のユーチューブ動画に触発されたからだということも。妹のアミーリアにはピーナッツ・アレルギーがあり、彼女の学校ではピーナッツが禁止されていることも。

マイクのまだ新しい弓猟ブログも読んだし、食べ物ブログも二〇一二年の最初の投稿までさかのぼってすべて読んだ。チョコレート・バントケーキのレシピまで。

ヘレンがフルタイムの仕事に戻りたいと思いながらも、五年生の教師に求められる元気が自分にあるだろうかと不安を感じていることもわかった。そんなことが山ほど。なかには有用な情報もあるが、ほとんどはどうでもいい。

レイチェルはコンピューター上のファイルを閉じて、自分のノートを見る。ベヴァリーの地図をプリントアウトし、アーチェリー・クラブからダンリーヴィ家までの予想ルートに線を引いてある。現場を実際にあたらなくてはならない。標的の第二候補も第三候補もいるにはいるが、まちがいなくトビー・ダンリーヴィが標的になるはずだ。

潮だまりはすでに闇に包まれ、ボートはみな戻ってきている。

衣類があちこちに散らばり、猫のトイレは掃除されておらず、朝食の皿もほったらかし――家はトレイシー・エミン（乱れたままの自分のベッドを作品として展示したことで知られる英国の芸術家）のモダンアート作品さながら、二度と返らぬ無垢な時代の名残をとどめている。

左の乳房を触ってみる。変わったところはないようだが、リード医師の心配はきっと正しいのだろう。悪性の腫瘍がまたできはじめているのではないか。放っておけば自分はその悪性腫瘍に殺されて、この世から消え去る。なんてすてきな未来。

レイチェルは窓の外を見つめる。光の透明さはすっかり薄れ、かき乱された空は濃紺と黒に変わっている。

そして雨は本降りに。

ピックアップトラックの音らしきものが通りを近づいてくる。

レイチェルは外へ駆け出していく。

運転席からピートがおりてきて、駆けよったレイチェルを抱きしめ、ふたりは土砂降りの中に十五秒ほどたたずむ。やがてピートが彼女を促して中へはいり、ふたりはリビングのテーブルを前にして座る。

「最初から全部話してくれ」ピートが言う。

レイチェルは最初の電話のことから始めて、起こったことをすべて話す。自分がこれまでにしたことも。身代金を払ったこと、携帯電話を買ったこと、銃を買ったこと、アペンゼラー邸にはいりこんだこと、誘拐する相手を決めようとしたこと。癌が再発した可能性については黙っている。それは自分と死に神とのあいだの問題だ。

ピートは耳を傾けているが、口ははさまない。彼女にしゃべらせる。

すべてを理解しようとする。

信じがたい話だ。

悪ならアフガニスタンとイラクで間近に見てきたが、アメリカでこれほど病的で非道なまねに出くわすとは思いもしなかった。これほど悪意に満ちた力が自分の身内に迫ってこようとは、夢にも思わなかった。組織かカルテルがらみの犯罪にちがいない。

「どう思う?」話しおえるとレイチェルは訊く。

「警察に行くしかないと思う」ピートは重々しく答える。

思ったとおりの答えだ。レイチェルはこの返答を予期している。ウィリアムズ一家に関する記事を自分のラップトップで見せ、ピートがそれを読んでいるあいだに、銀行の外で出会った男のことを話す。そしてピートの手を取る。「あなたはあの連中と話してない。でも、あたしは話した。カイリーを監禁してるあの女は、息子を殺されるのを恐れてる。カイリーを殺せと命じられたら、そうするはず。あたしにはわかる。カイリーを殺して別の人質を探して、むこうの機嫌をそこねないようにするはず。あたしたちには〈チェーン〉を動かしつづけるしか道はないの」

カルト信者みたいなもの言いだということは自分でもわかるが、実際のところカルトのようなものなのだ。いまのレイチェルは完全にその信者であり、むこうの言うことを信じている。ピートにも信じてほしい。

「じゃ、カイリーを取りもどすには、誰かを誘拐するしかないわけか」ピートはそう言いながら、その恐ろしさに首を振る。

「それしかないの。そうしなければカイリーは殺される。警察に行けば殺される。警察に行く相談をしただけでも殺される」

クワンティコ基地で受講させられた倫理学の授業をピートは思い出す。違法な命令に従わないことがなぜ正しいのかを、イスラエル国防軍のゲスト講師が講義した。道徳性は軍においてさえ考慮されるのだ。ところがいまレイチェルが企んでいることは、違法であるばかりか、倫理的にも完全にまちがっている。どこからどう見てもまちがっている。倫理的に正しいのは、いますぐFBIに行くことだ。最寄りのFBI支局を見つけて、いっさいを話すことだ。

しかし、そんなことをしたらカイリーは殺されてしまう。レイチェルはそう信じている。ピートも彼女の言葉を信じる。カイリーが無事に帰ってくることだけが、いまの彼の関心事だ。

決心はもうついている。カイリーを取りもどすには誰かを誘拐するほかないのだとしたら、自分がそれをやろう。誰かを殺すほかないのだとしたら、自分がそれをやろう。たとえ五十年食らいこむことになろうと、カイリーを取りもどせるのならそれは甘受できる。カイリーが無事ならば甘受できる。

「けさ犯人から、カイリーが無事だという証拠の写真が送られてきた」とレイチェルは震えながらピートに自分の携帯を渡す。

ピートはその写真を見る。目隠しをされたカイリーが、どこかの地下室のマットレスに座っている。居どころの手がかりになりそうなものはほとんど見あたらない。〈ポーランド・スプリング〉の水と、グラハム・クラッカーをあたえられているが、そんなものはどこでも手にはいる。肉体的な虐待を受けたようには見えないが、とんでもなくおびえているにちがいない。ピートはキッチンへ行ってコーヒーをつぐ。しばし状況を評価する。

「警察は除外するんだな？　絶対に？」そうレイチェルに訊く。

「〈チェーン〉の声も、カイリーをさらった女も、はっきりと断言してた。あたしがひとつでもルールを破ったら、カイリーを殺して別の標的へ移るしかないって」

「どうしてこっちがルールを破ったことがむこうに知れるんだ？」

「わからない」

「家に盗聴装置をしかけてあるのかな。最近空き巣がはいったり、妙なやつが訪ねてきたりした？」

「そういうことはなかったけど、けさ携帯をハックされたと思う。むこうはハイウェイであたしの後ろにパトロールカーが停まったのを知ってたし。あたしが誰に電話をかけてるのかも、何を話してるのかも知ってる。どこにいるのかもつねにわかってるみたい。携帯のカメラから見てたんじゃないかって気がするんだけど。そんなことってできる？」

ピートはうなずき、レイチェルのアイフォンをオフにして抽斗に入れる。彼女のマックブックも閉じて、携帯と一緒にしまう。「できるさ。使い捨て携帯を買ったと言ったよね？」

「うん」

「これからは、電話をかけるときにはかならずそれを使うんだ。きみのコンピューターは二度と使わないこと。おれのを持ってきてある。たぶんむこうは、きみの携帯とコンピューターのカメラを乗っ取ったうえで、カメラのランプがつかないようにして、きみを監視していても、カメラがオンになってることに気づかれないようにしてたんだろう。インテルのブラックボックスの中でどんなことが起きてるか知ったら、きっとびっくりするよ」

「カメラにはテープを貼っておいた」

「それは名案だ。でも気をつけないと、むこうは声も聴いてるかもしれない。家の中に盗聴装置がないか探してみるよ。空き巣にははいられてないって話だけど、テレビの修理屋とか配管工なんかが、頼んでもいないのに来たことは？」

「ない」

「よし。だったらただのスパイウェアかもしれない。で、マーティには何を話した？」

「いまのところは何も。彼はオーガスタでゴルフをしてる」

「マーティは弟だし、おれはあいつを愛してるが、あいつは口が軽いから、きみが情報漏れやＦＢＩへの通報を心配してるなら……」

「カイリーを危険にさらすようなことはいっさいだめ」レイチェルは言う。

ピートは彼女の冷たい震える手を取る。「心配要らないよ」

レイチェルはうなずいて、ピートの落ちついた黒い眼を見つめる。「ほんとに？」

「ああ。おれたちはあの子を取りもどす」

「どうしてあたしなんだと思う？　なぜうちなの？」彼女は言う。

「わからない」

「あの女、あたしのことをネットで調べたんだって。マーティとグアテマラで平和部隊の活動をしてたことも、ハーヴァードのことも、癌を克服したことも、やっていた仕事のことも全部見て、あたしならうまくやってくれそうだと思ったんだって。でも、あたしはそんな人間じゃない。負け組だもん。弱虫だもん」

「そんなことはない。きみは——」

「あたしは人生をそっくりパーにしちゃったのよ。マーティに何もかも貢いじゃって。娘の面倒さえまともに見られない！」

「よすんだ」

「銃も持ってない。しかたなく買った。今日」

「それも正解だ」

「銃なんか撃ったのは今日が初めて」

　ピートはもう片方の手も取る。「嘘じゃないよ、レイチェル。きみはうまくやってる。それに、いまはこうしておれが助けにきてる」

「海兵隊では工兵だったんでしょ？　むこうで一度でも——ていうか、これまで一度でも人を……」

「ある」ピートはあっさりと答える。

「何度も？」

「ああ」

レイチェルはうなずいて、大きくひとつ息をつく。「ニューハンプシャーまで行って銃と必要なものを買ってきたの。この島の人にばったり出くわしそうになったけど、うまくやりすごしたと思う」

「それもでかした」

「ニューイングランドじゃ誰もがおたがい顔見知りなのに、計画犯罪なんてどうすれば実行できるんだろう」

ピートは微笑む。「いまにわかるさ。ほかには何をした？」

「これが標的のリスト」とレイチェルは誘拐できそうな、基準に合う子供たちのリストを渡す。

「望ましいのは経済的に安定してて、しかも警察には行きそうもなくて、誘拐を実行してくれそうな親というわけだな？」ピートは訊く。

「その人たちなら文無しじゃないはずだし、警官にもジャーナリストにも政治家にもつながりはないはず。しかもちょうどいい年頃の子供がいる。どの子も特別なケアは必要ない。糖尿病とかそういう病気もない」

「子供じゃなくて配偶者を誘拐するってのはどうかな？」とピートは提案する。

「配偶者に対する気持ちって、よくわからないでしょ。確信が持てないでしょ。たとえばあたしたち。ふたりで三回も離婚してる。でも親っていうのは、みんな子供を愛してるんじゃない？」

「そうだな。なら、この子はよさそうだ。トビー・ダンリーヴィ、これが本命の標的？」

「そう。別の本命がいたんだけど、母親が警官とつきあってたの」

「この家には行ってみた？」

「まだ。今夜行ってみるつもり。でもその前にアペンゼラー邸で、マットレスをおろすのと、窓をふさぐのを手伝ってもらえる？」

「その家はどこにあるんだ？」

「潮だまりのむこう側。行こう、案内する」

ふたりは雨の中に出て、潮だまり沿いの小径を歩いていく。「こういう大きな家は、この時期は留守のところが多いの」とレイチェルは説明する。

「こんな家にひとりで押し入ったのか？」ピートは訊く。

「そう。アペンゼラー夫妻が留守だってことは知ってたから。警報装置がちょっと心配だったけど、警報はついてなかった」

「よくやったよ。おれも建造物侵入は何度かやったことがあるけど、何度やっても怖いもんだ」

「裏口からはいれる」アペンゼラー邸の横手の小径に到着すると、レイチェルは言う。

「うってつけの家だな。煉瓦造りってのがいい」とピートは言う。「鍵はどうやってあけた？」

「あけてない。鑿でがつんとやったの」

「そんなやり方、どこで憶えたんだ？」

「グーグル」

ふたりは中にはいって二階へ上がり、予備の寝室からマットレスと寝具を持ち出す。それを地下室までえっちらおっちらおろす。窓をふさぐ板はすでにレイチェルが運びこんである。

「そいつはマーティの古い電動ドライバーで取りつけよう。そのほうがハンマーで打ちつけるより音がしないと思う」ピートが言う。

板を取りつけると、ふたりはシーツや毛布と、彼女があらかじめ運んでおいたおもちゃやゲームとで、地下室をできるだけ居心地よくする。考えると圧倒されてしまうが、かりにこれがうまくいって、自分たちが殺されも逮捕されもしなかったら、まもなくここにおびえた少年がやってくるのだ。レイチェルはすでにマットレスのそばのコンクリート柱に頑丈な鎖を取りつけており、それがピートの背筋をぞくりとさせる。

ふたりはアペンゼラー邸の裏口を閉めて、レイチェルの家に戻る。

「次はどうしようかな」とピートは考える。

「盗聴器があるか調べて。自分のすることを何もかも監視されてるなんて、考えるだけでもぞっとする」

ピートはうなずく。「任せてくれ」

バッグから電波検知器を取り出す。昔のアナログ盗聴機器の時代であれば、無線受信機と複雑な道具が必要だったが、いまは五十ドルの電波検知器があればこと足りる。家じゅうを調べおわると、こんどは携帯電話とコンピューターに取りかかる。

「おおむね問題なしだ」と最後にピートは言う。「家じゅうを上から下まで完全にスキャンした。地下室も調べたし、キッチンの上の配線スペースも調べた」

「おおむねって言った？」

「ああ、言った。家にはいっさい盗聴器はしかけられてない。だけど案の定、きみのマックは完全に侵されてる」

「ていうと？」

「きみのマックにはスパイウェア・ボットが仕込まれていて、そいつは無線ネットワークに接続すると、カメラを制御下に置いて、パソコンの画面上に映るものをなんでもライブのスクリーンショットにしてしまうんだ。そうなったら、きみのパスワードを盗み見るのはちょろいもんだ。そのボットにはランダムに生成された無意味な名前がついてる。送信先も暗号化されてる」

「そんなことにどうしてそこまで詳しいの？」レイチェルは感心して訊く。

「それは、ほら、おれはインターネットの石器時代からコンピューターをいじってきたからさ。こんどはもっと本気でそれをやってみようかと思ってるんだ。個人向けセキュリティってのは、元軍人にとっちゃ有望な成長分野なんだよ」

「そのボットを取りのぞける？」

「それは簡単にできるけど。そうしたらボットが消えたことに、たちまち気づかれる」

「あたしをハッキングしてる連中に、あたしが勘づいたのがばれちゃうってこと？」

「そう。そしてきみが勘づいたことがばれたら、むこうはかならず別の対抗措置を取ってくる。だからカイリーが帰ってくるまでは、きみのマックと携帯を使わないようにするしかない。カイリーが帰ってきたら、おれがそのボットをやっつけて、きみのマシンをきれいにしてやるよ」

「でも、むこうはあたしのアイフォンに電話をかけてくるはず。アイフォンは必要」

「なら、盗聴されてるのをつねに忘れないことだ。それにもちろん、携帯はＧＰＳ発信器でもあるってこともね」

「むこうはこの家を物理的に監視してるかな？」レイチェルは訊く。

「可能性はある。いまもおれたちを見てる可能性だってある。たぶんそこまではしてないと思うけど」

レイチェルは身震いする。「あの地下室にいるカイリーの姿が頭から離れない。きっとおびえてるはず」

「あの子は立ちなおりが早い。タフな子だよ」**タフすぎるかもしれない、**とピートは思う。**ばかなまねをしないでくれるといいが。**

22

金曜日、午前一時十一分

カイリーは夜が更けたと思われる頃までじっと待つが、時間を知るすべは、当然ながら何ひとつない。アイフォンも、アイパッドも、マックも。もちろん時計もないけれど、いまどき時計なんかしてる人はいない。

マットレスに横になっていると、遠くの道路を走る車の音が聞こえてくるし、ジェット機が推力を落としつつローガン空港のほうへ降下していく音が聞こえてくることもある。はるか遠くの空を、はるか遠くのローガン空港へ。

マットレスから起きあがり、監視カメラに背を向けてグラハム・クラッカーをかじる。最初の計画は失敗だった。歯磨きのチューブは手錠の鍵をあけるのには使えなかった。何時間もやってみたけれど、歯が立たなかった。でもこんどの計画は、もう少しうまくいくかもしれない。

日が暮れてすぐに、男がホットドッグとミルクを運んできて、お盆をカイリーの横の床に置いた。銃はスウェットシャツのポケットに入れていた。女はお盆を下げにきたとき、銃を右手に持っていた。ふたりともかならず銃を持っている。百キロのストーブに鎖でつながれた十三歳の女の子が相手だというのに、危険はけっして冒さない。ここへおりてくるときにはつねに銃を身につけている。

でも、その点こちらの助けにもなる。カイリーはそう気づいた。

それが眼にはいったのは今日の午後だ。太陽がゆっくりと西へ傾くと、地下室の片隅できらりと光るものが見えた。精一杯近づいてみると、ボイラーの下の壁ぎわにレンチが落ちているのがかろうじて見分けられた。誰かがそこに落っことしたまま忘れてしまったのだろう。何年も前に。あのふたりはこの地下室を前もって準備していたようだけれど、そのレンチに気づくには、午後の日射しが窓から射しこんでくるときに、床に寝ころんでボイラーをまっすぐに見なくてはならない。

鍵はそのレンチだ。

カイリーは待つ。ひたすら待つ。

日付が変わったと思われる頃には、道路を往来する車も少なくなり、飛行機の音も間遠になる。

あの州警察官のことばかり考えてしまう。殺されたのだろうか？　殺されたに決まっている。だとすると、あたしは人殺しに捕まっていることになる。人殺しには見えないけれど、あのふたりは人殺しなんだ。そんな恐ろしい考えにカイリーは抗おうとするが、頭の中のどこへ行ってもその考えがひそんでいる……

母親のことを考える。

死ぬほど心配するだろう。おかしくなってしまうだろう。ママは自分が見せかけようとしているほどタフじゃない。薬物療法が終わってからまだ一年もたっていない。それにパパは——パパはかっこいいけれど、たぶん世界一頼りになる男ってわけじゃない。

階段のそばのカメラをもう一度見る。何時頃だろう？　あのふたり、今夜は一睡もしないつもりだろうか。少しは眠るはずだ。

カイリーはさらに待つ。

そろそろ午前二時頃だ。**よし、やろう。**

立ちあがり、鎖のたるみを取ると、全身の力をこめてストーブを引っぱりはじめる。ストーブはむろん途方もなく重たいが、床はつるつるのコンクリートだから摩擦はあまりない。さきほどストーブの鋳鉄製の脚の下と周囲に水をまいておいた。多少は役に立つのではないかと思ったのだ。

綱引きをするときのように体を後ろへ倒し、体重をすべてかけて鎖を引っぱる。体が汗ばんで筋肉が痛みだし、八年生の女の子にはとうてい無理だという気が——

ストーブががくんと動く。足が滑って尻もちをつき、尾骶骨を床に打ちつける。カイリーは唇を嚙んで、悲鳴をこらえる。床を転げまわる。**ばか、ばか、ばか。**

痛みが引きはじめると、自分の体をできるかぎり調べてみる。どこも折れてはいないようだ。骨折は一度もしたことがないけれど、こんな痛みではないことは想像がつく。スチュアートがニューベリー・コモンの池でスケートをしていて手首を折ったときは、それこそ大声でぎゃあぎゃあわめいていた。

でもまあ、それがスチュアートでもあるんだけど。

立ちあがり、全身から痛みを振るい落とす。痛みってのは弱さが体を出ていくときに感じるんだ。クレイジーなピート伯父さんが前にそう言っていた。**だからあたしはこれですごく強くなったはず。**自分にそう言い聞かせるが、心から信じているわけではない。

鎖をつかみなおしてぐっと引くと、ストーブはふたたびがくんと動き、こんどはカイリーが引っぱるのに合わせて、ごくゆっくりとだが動きつづける。理科の授業を思い出す。要は摩擦と勢いなのだ。ストーブは巨大だけれど、濡れた床はつるつるになっている。

ストーブは重い。めちゃくちゃ重いけれど動いている。甲高い嫌な音を立てて。キーキーガリガリと。でも、そこまで大きな音ではないから、地下室の外まではきっと聞こえないだろう。ましてや家の中までは。

汗だくで二分間ストーブを引っぱり、へとへとになって手を休める。マットレスの縁に腰かけて荒い息をする。

気になってカメラを振りかえるが、それで何がわかるわけでもない。作動中を示すライトが上についているわけではないからだ。つねに作動していると考えるしかない。

ボイラーの下のレンチのほうへ這っていく。左手首の鎖をぴんと張り、ミスター・ファンタスティックばりに体をにゅうっと伸ばすと、あと一メートル足らずになる。戻って寝袋にもぐりこみ、計算をしてみる。今夜あのストーブをあと三十センチは動かせるだろう。たぶんもうひと晩かけないとレンチは手にはいらないが、きっと手に入れてみせる。

カイリーはわくわくしている。計画を立て、それを実行する手段を手に入れたのだから。ばれたら殺されるかもしれない。でも、何もしなくたって殺されるかもしれないのだ。

23

金曜日、午前四時二十分

ポセイドン通りはベヴァリーの町の中心からややはずれた、海にほど近いところにある。並木を植えた典型的なニューイングランドの郊外道路で、小さな窓と急勾配の屋根を持つちんまりしたコロニアル様式の二階家が窮屈そうに建つかたわらに、大きな敷地と大きな窓を持つもっと新しい家々が建つ地域だ。ダンリーヴィ一家の暮らす十四番地の家は、そういう新しいほうの一軒だ。ジョージ王朝様式を模した三階建てのオーク材造りで、芥子(からし)色がかったレトロな茶色に塗られている。前庭には美しい紅楓(べにかえで)の木があり、ぶらんこが吊りさげられている。芝生に子供のおもちゃやフットボール、キャッチャーミットが転がっているのが、周囲の街灯の光で見える。

レイチェルとピートは通りの反対側の、まだいくらか葉を残している大きなしだれ柳の陰に車を駐めている。

怪しげに見えるのはいたしかたない。ここは住人が車の中で寝るような地区ではない。だが幸いにも、朝の四時に車の中でうとうとしている人間がいても、見て見ぬふりをしてくれる地区ではある。

ピートは自分のラップトップでダンリーヴィ家のソーシャルメディア活動をチェックしている。「まだ誰も起きてないな」

「あと一時間ぐらいでマイクが起きて、そのあとヘレン、それから子供たちが起きる。マイクは六時のボストン行きに乗るときもあれば、六時半のに乗るときもある」レイチェルはそう教える。

「車で行けばいいのにな。この時間なら道はがらがらなんだから」とピートは言う。「それはそうと、おれたちが警戒しなくちゃならないのはなんだかわかる？」

「なに？」

「靴に仕込まれたGPSタグだ。過保護な親ってのは、子供のバックパックや靴にGPSタグをつけるんだ。そうすれば子供が行方不明になっても、アプリでたちどころに発見できるからさ」

「それってほんとの話？」レイチェルは呆れて言う。

「もちろん。そんなものをつけてる子供をさらったら、何に襲われたのかもわからないうちに、FBIにとっ捕まってる」

「どうすればいいの？」

「おれがその子をスキャンして、発信器をつけてるかどうか調べる。その子のアイフォンとGPSシューズを捨てればだいじょうぶだ」

「そんなシステムをもし使ってたら、ヘレンなんかいかにもSNSで自慢しそうだけど、ひと言も書いてないよ」レイチェルはそう言い、自分の辛辣さに自分で驚く。人は自分が不正を働いた相手を憎む、というタキトゥスの言葉を思い出す。ただしこの場合は、これから不正を働く相手だけれど。

「そうかもしれないな。でも、靴はいちおうチェックしよう」とピートは言う。

ふたりは家を監視しつつ、ときおりコーヒーを口に運ぶ。

通りには人っ子ひとりいない。牛乳配達などもはや昔話でしかない。住民たちが犬の散歩に出てくるのは、早くても五時半頃だ。

午前六時一分、ダンリーヴィ家で住人が目覚めはじめた最初の徴候が現われる。マイクがペイトリオッツのクォーターバックであるトム・ブレイディのツイートをひとつリツイートしたのだ。続いてヘレンが目覚めてフェイスブックを始める。十あまりの友達の投稿に〝いいね〟をし、シリアでISISと戦う女性兵士たちの動画を一本シェアする。ヘレンは穏健な民主党員だ。夫のほうは穏健な共和党員らしい。どちらも世界のこと、環境のこと、子供たちのことを気にかけている。無害な人々であり、事情さえちがっていたら友人になれたのではないかという気がする。

子供たちもかわいい。わがままでもないし、悪たれでもないし、本当にいい子たちだ。

「これを見て」とピートが言う。「ヘレンがいまインスタグラムに、セイラムのウェブ通りにある〈シーフェアラー・レストラン〉の写真を上げた」

「フェイスブックにもいま出てきた」とレイチェルは言う。

「そこで友達のデビーと朝食をとると言ってる。ここからセイラムまではどのくらい？」

「そんなに遠くない。五分か、道が混んでても十分ぐらい」

「いまいちだな。でも旧友との朝食だったら、最低でも四十五分はかかるよな？」

レイチェルは首を振る。「どうかな。コーヒーとマフィンだけなら、もっと短いかも。でもやっぱり、コーヒーとマフィンだけのつもりなら、〈スターバックス〉へ行くか。どうして？　何を考えてるの？」

「つまり、マイクが出勤して、子供たちがつつがなく学校へ行って、ヘレンがつつがなく朝食にありついたら、家には誰もいなくなるってことだよ」

「いなくなったらどうするの？」

「裏口から中へはいる。偵察だ。家族のデスクトップにちょっとしたスパイウェアを仕込んでもいい」

「そんなことできるの？」

「できるさ」

「どうやって？」

「家にはいりこむのは、きみもアペンゼラー邸でやったように、そう難しくない。盗聴技術のほうは、除隊後に戦友のスタンのところで働いたときに教わったんだ」

レイチェルは首を振る。「どうかな」

「こっちが優位に立てる。むこうの考えてることがわかるようになる。トビーを誘拐したら、マジでやばいことになるんだから」

「安全なのそれ？」

「おれたちのやろうとしてることに安全なものなんてあるか？」

マイク・ダンリーヴィは七時十五分にようやく出勤していく。ベヴァリーの駅まで自分でBMWを運転し、駐車場に置いていくのだ。ヘレンは八時一分に子供たちを連れて出てくる。冬用のコートを着るほどの寒さではないが、いちおう暖かい服装をさせている。大きめのパーカーに帽子とマフラーといういでたちのふたりは、なんともかわいらしく見える。

「あとを尾けたい？」ピートが訊く。

レイチェルは首を振る。「尾けなくていい。ヘレンはいつ子供たちを学校でおろしてレストランに着いたか、自分から教えてくれるはず」

ボルボの車内でじっと待っていると、案の定、八時十五分にヘレンが〈シーフェアラー〉の店内で撮った自撮り写真をフェイスブックに上げる。

ピートは通りを見渡す。ブロックの先で大学生ぐらいの若者がバスケットリングにシュートを打っている。通りのむかいでは女の子が家から出てきて、安全ネットで囲われたトランポリンでぴょんぴょん跳ねはじめる。

「あれを見て」とピートは言う。「玄関は閉まってるし、子供はひとりでトランポリンをしてるし。申し分ないと思うけどな」

「そうね」とレイチェルは同意する。「でも、それは計画とちがう」

「わかった。じゃ、忍びこむよ」

レイチェルはその手をつかむ。「ほんとにやらなきゃいけないの？」

「あの一家について、できるかぎり情報が必要だ。軍がどこかを急襲する場合だったら、集められるかぎりの情報を何日も何週間も前から集めて実行する。だけど、おれたちにそんな時間はないから、なるべく手っとり早く、可能なかぎりの情報を集めなきゃならない」

言っている意味はわかる。

「だからいま、家に誰もいないあいだに忍びこむんだ。でも、誰かいるかもしれない。ショットガンを持った頭のおかしなケヴィン伯父さんとか。そしたらおれはやばいことになる。十五分ぐらいで戻ってこなかったら、きみは帰れ」

「実際には何をするつもり？」

「十五分でできることはなんでも」

「わかった。じゃ、八時半てことね」

「ああ」

「八時半までに戻ってこない場合は、どうなったってこと？」

「なんらかの形で屈服したってことだ。もちろんおれは何もしゃべるつもりはないが、きみは標的Bに移行するか、もっといいのは、おれのいっさい知らないまったく新たな標的リストを作ることだ」

「外で何か問題が起きたら電話する」

「わかった。だけど少しでもやばそうになったら、ここから逃げるんだぞ」

ピートはバックパックを背負い、誰にも見られていないのを確かめてから、ダンリーヴィ家と小さな木立を隔てる柵まで走っていく。木立は浜と道路にはさまれている。車内から見ていると、ピートはその柵を乗りこえて家の裏庭へはいっていく。

けたたましい警報装置の音か、頭のおかしなケヴィン伯父さんがショットガンをぶっぱなす音がするのではないかと、レイチェルは耳を澄ますが、何も聞こえてこない。

むかい側の家の女の子がトランポリンで遊ぶのを、ルームミラーでじっと見つめる。誰

も女の子の様子を見ていないようだ。玄関はぴたりと閉まっている。通りを渡っていって

あの子をさらうのは、いともたやすい。

ちょっと、なに考えてるの？　あんた、いったいどうなっちゃったの、レイチェル？

アイフォンをつけて時刻を見る。八時二十二分。

眼を閉じてカイリーのことを考える。眠れているだろうか？　あの子のことだから、ひと晩じゅう母親と父親のことを考えて心配しているだろう。

ああ、カイリー、いま行くからね。助けてあげるからね。もう二度とあんたから眼を離さない。いい母親になる。あんたを守る。ソーシャルメディアはやめる。誰も信用しない。アルミ箔の帽子をかぶって電磁波をシャットアウトする。

ふたたび携帯を見る。八時二十三分。

白いバンが通りをゆっくりと走ってくる。この手のおんぼろの白いバンは、たいていよからぬことに関わっているものだが、運転手はレイチェルには眼もくれず、そのまま通りすぎていく。

マーティの煙草がないかとコートのポケットを探るが、見つからない。どこかで犬が狂ったように吠えている。

どこで？　ダンリーヴィ家は犬を飼っていない。それはわかっている。

近所の家だろうか？　隣の犬が、家に忍びこむピートを見て怪しいやつだと思ったのだ

ろうか？

時刻は八時二十八分になる。

ラジオをつける。《カー・トーク》の果てしない再放送のひとつ。ホスト役の兄弟のひとりが、フォルクスワーゲンのミニバスについてべらべらとしゃべり散らしている。

もう八時三十一分だ。

ピートはどうしたの？

犬の吠える声が大きくなっている。

女の子がトランポリンからおり、缶入りのソーダらしきものを拾いあげて、トランポリンに戻る。

やめなさいよ、そんなきれいなドレスを着てるんだから。レイチェルはそう思う。

八時三十四分。

ベヴァリー市警のパトロールカーがルームミラーに現われる。「まずい」とレイチェルはつぶやく。差したままのキーをまわすと、頼もしいぽんこつエンジンが轟音とともにかかる。

パトロールカーは通りをゆっくりと走りだす。車内には警官がふたり。まっすぐレイチェルのほうへやってくる。

時刻はすでに八時三十七分。

犬の吠える声がますます大きくなる。

パトロールカーが近づいてくる。

レイチェルはギアを一速に入れ、左足でクラッチを踏んだまま、右足をアクセルに載せる。

トランポリンの女の子が当然の結果としてみごとにソーダを浴び、悲鳴をあげはじめる。ふたりの警官がそちらを向く。

ダンリーヴィ家の柵のてっぺんにピートが現われる。木立に飛びおりると、ボルボまで走ってきて、息を弾ませながら後部席に乗りこむ。

「行こう！」

「問題なし？」レイチェルは不安になって訊く。

「ああ。だいじょうぶ。行こう！」

レイチェルはクラッチをつないでボルボを発進させる。東のマンチェスター方面へ向かい、それから北へ転じてイプスウィッチと一号A線へ向かう。パトロールカーはついてこない。ピートは後部席で自分の携帯をいじっている。

「問題はないの？」彼女はもう一度訊く。

「ああ、だいじょうぶ」

「中で何があったの？」

「何も。ちょろいもんだった。裏の窓があいていたから、二秒で中にはいった。一階の書斎に、つけっぱなしのデスクトップPCがあって、そいつにスパイウェアを仕込んだ。あいにく家電（いえでん）は見つからなかったから、盗聴器はしかけられなかった。いまどきはもう、固定電話なんか持ってない人間も大勢いるからね。だけど彼らがあのデスクトップを目覚めさせたとたん、たちまちおれは彼らのメールアドレスと、スカイプと、フェイスタイムと、アイメッセージのパスワードを読めるようになる」

「すごい」レイチェルは感心して言う。

「だろ？」とピートは答える。

「戦友のスタンがそれをみんな教えてくれたわけ？」

「だいたいのところはね。おれは昔からちょっとアウトロー気質があるからさ」

「そうね、マーティから聞いたけど、十一歳のときに車を盗んでカナダまで行ったんだって？」

「いやいや、カナダまではたどりつけなかったんだ。それにもう十二歳だったよ」ピートは心にもない謙遜をしてみせる。

「あなた、タイムリミットを超えて十五分以上中にいたのよ」

「わかってる。トビーの部屋を見つけてさ。ちょっと調べてたんだ。普通の子供だよ。おれにわかる健康上の問題はない。好きなのはレッドソックスと、X-MENと、《ストレンジャー・シングス　未知の世界》というテレビ番組だ。ごく普通の子だよ」

「じゃ、トビーでいい？」レイチェルは惨めな気分で尋ねる。

「ああ、トビーでいい」

車は橋を越えてプラム島にはいる。

家に着くとレイチェルはあくびをする。

「いつから寝てないんだ？」ピートが心配して訊く。「コーヒーをいれるね。まだしなくちゃならないことがあるから」

レイチェルはその質問をはぐらかす。

二階へ上がり、カイリーの部屋のホワイトボードを取りにいく。カイリーが隠れているのではないか、これはたちの悪い残酷ないたずらなのではないか、となかば期待しながらドアをあける。

部屋には誰もいないが、娘のにおいがする。カイリーの好きなあの〈フォーエバー21〉の安物の香水。貝殻のコレクション、洗濯物籠からあふれた衣類、天文学やエジプト学の本。これまでにもらった誕生日カードをすべて入れた箱。ラップ・グループのブロックハンプトンのポスターと、キーラ・ナイトレイ主演の《プライドと偏見》のポスター。きちんとならべられた宿題のバインダー。友達や家族のフォト・モンタージュ。

心が動揺してくる。レイチェルはホワイトボードをつかむと、廊下に出てそっとドアを閉める。

階下におり、ふたりでトビーの生活をフローチャートに書きこむ。トビーは今夜と日曜の夜にアーチェリーをする。アーチェリーは七時に終わり、徒歩で帰宅する。そのときがチャンスだ。

「アーチェリー・クラブが活動してるのは、ベヴァリーの埠頭近くの旧税関ホールという場所だ。ダンリーヴィ家までは歩いて一クリック足らずだ」ピートはグーグル・マップを見ながら言う。

「なに、クリックって?」

「ごめん、軍の俗語で一キロのことだ。いまグーグルのストリート・ビューで経路を何度かたどってみた。旧税関ホールからレヴェニュー通りを歩いていって、スタンドア通りで左に曲がって、ポセイドン通りで右に曲がれば、そこがもう家だ。トビーの足でもせいぜい七、八分だろう。どんなにかかっても十分だ」

時間がかなりきついけれど、それはふたりとも承知のうえだ。

「トビーをさらうのは七時から七時十分のあいだしかない」とレイチェルは言う。「ていうか、この計画がうまくいくとすれば、スタンドア通りで実行するしかない。レヴェニュー通りには人が大勢いるし、ポセイドン通りの家の前でさらうわけにもいかないもの。母親が迎えに出てるかもしれないから」

ピートは顎をなでる。チャンスの窓は時間的にも地理的にもたしかにひどく狭い。だが、それは言っても始まらない。自分たちが誘拐しようと決めたのはこの子なのだ。レイチェルはあくびをかみ殺す。

「ひと眠りしてくるといい。そのあいだにおれはもう一度あそこへ行って、こんどは経路全体をチェックしてくるよ」ピートはそう提案する。

「眠らなくても平気。行きましょう」

「いま？」

「うん」

ふたりは外に出てボルボに乗りこみ、ほんの十五分でベヴァリーに着く。自分の暮らす街に少しばかり近すぎる気がしてレイチェルは落ちつかないが、それはどうしようもない。

ベヴァリーの街はさきほどよりもにぎやかになっている。いらだたしいほどの数のまぬけたちが、犬を散歩させたりぶらぶらと出歩いたりしている。まぬけとしか言えない。空が落ちてくるというのに、あんなにお気楽にしていられるなんて。いや、もう落ちてきたのに。旧税関ホールは海辺に近いので、これまた犬の散歩やぶらぶら歩きの人気スポットになっている。

「最新の天気予報だと」とピートがラップトップを見ながら言う。「今夜は小雨だ。本降りじゃない。うまくすれば、暇人が出歩くのを防いでくれる程度のお湿りにはなっても、母親が迎えにくるほどの降りにはならないだろう」

「カイリーを取りもどしたらあたしもう、あの子が五十歳になるまで、どこにもひとりで行かせたりしない」レイチェルはそうつぶやくが、馬を盗まれてから納屋の扉を閉めるような言い草なのはわかっている。

旧税関ホールからレヴェニュー通りを走り、スタンドア通りを経由してポセイドン通りにはいる。約三分間の、ありふれたニューイングランドの郊外のドライブ。スタンドア通りには、まだ葉を残した大きなオークの古木がならんでいる。

「おあつらえの遮蔽物だ」とピートが言う。

向きを変えてふたたび街の中心部へ向かう。

「じゃあ、こういう計画ね」とレイチェルが整理する。「一、旧税関ホールまで車で行く。二、子供たちが出てくるのを待つ。三、トビーのあとを尾けてレヴェニュー通りからスタンドア通りまで行く。どうか神様、トビーをひとりきりにさせて。四、トビーの横へ車を乗りつける。五、つかまえて車内に放りこむ。六、走り去る」

「つかまえるのはおれがやろうか？」

レイチェルはうなずく。「で、あたしが車を走らせる」

「わかった」

彼女はピートを見る。「うまくいかないかもしれないことが山ほどあるね。あなたがいてくれてよかった」

ピートは何もかもがうまくいかなかったあの、二〇一二年九月のバスティオン基地の一夜を思い出して、唇を噛む。「まあ、きっとうまくいくさ」

「でも、たとえ何もかもうまくいったとしても、やっぱりものすごく悲惨なことになる」

彼女はみじめな気分でそう答える。

24

金曜日、午前十一時三十九分

カイリーは寝袋の中で眼を覚ます。ここは――？

そこがどこであり、何があったのかを思い出して、はっと息を呑む。ここはどこかニューベリーポートの北にある家の地下室で、あたしは見知らぬ夫婦にそこへ閉じこめられて、ママが身代金を支払ってくれるまで出してもらえないんだった。喉が苦しくなる。寝袋にはいったまま起きあがり、酸素をむさぼる。ここの空気は黴くさくて淀んでいる。

それでもその空気を肺に吸いこんで、自分をむりやり落ちつかせる。**あのふたりはあたしを殺す、あたしを殺す、あたしを……いいえ、殺さない。あのふたりは異常者じゃない。ママがふたりの言うとおりにしてさえくれれば、あたしに危害を加えたりはしない。あの警官の身に起きたことは事故なの。**

それにあたしはまだ死んでない。

計画を実行しかけていた。あのレンチ……そう！

日射しから判断すると、朝寝坊をしたようだ。そもそも眠れたことに驚く。おしっこをしたくてたまらない。カメラに背を向けてバケツをつかむと、くしゃくしゃの寝袋を遮蔽物代わりにして用を足す。

数分後、ドアがあいて階段のてっぺんにあの男が現われる。男のむこうには庭と一本の木が見える。男はドアをあけっぱなしにしたまま、お盆を持っておりてくる。パジャマを着て、スキーマスクをかぶっている。階段をおりてくるのはちょっと骨が折れるらしく、荒い息づかいが聞こえてくる。

「おはよう」と男は言う。「まだ朝ならだけどね。たぶん朝だろう。遅めの、ま、朝食を持ってきたよ。〈チェリオス〉だ。〈チェリオス〉は好きだよね？」

「うん」

男は近づいてきて、カイリーの横の床にお盆を置く。〈チェリオス〉とミルクのはいったボウル、オレンジジュースのグラス、水のボトルがもう一本。パジャマのズボンのポケットから銃の握りが突き出ている。

「遅くなって申し訳ない。ゆうべは寝たのがずいぶんと遅かったもんでね。あんなことになるとは、ま、思ってもいなかったんで……さぞおなかがすいただろう。少しは眠れたか？」男は訊く。

カイリーは曖昧に首を振る。

「無理もない」と男は答える。「こんな状況は狂ってるよ。ぼくだって夢にも思わなかった……」

「どうしてこんなことするの？」カイリーは尋ねる。

男は大きく息を吐く。「うちの息子がさらわれたからだ」穏やかにそう言って首を振る。「本をどれか読んでみたりした？」

カイリーはそこに小さなチャンスを見出す。「ええ。『白鯨』を読んだのは初めて。退屈だろうと思ってたから」

「でも、面白かっただろう？」男はうれしそうに訊く。

「ええ。あたしの読んだところは」

「そうか、それはよかった。古典というのは、最初は退屈かもしれない。きみぐらいの年齢の子にはね。でも、ひとたびその思考法にはいりこめれば、けっこうすらすら読めるものなんだ」

「ええ、そうね。あたし、あの刺青の男が好き」

「クイークェグ？　すばらしいよね、彼は！　メルヴィルは南太平洋の島々で住民と一年近く暮らしていたから、彼らの描写には実に愛情がこもってるんだよ。そう思わないかい？」

カイリーは言うことを必死で考え出そうとする。読んでいかなかった本のことで授業中に質問されても、何か教師を感心させられるようなことを。

「ええ、それに作品全体が——ひとつの大きなメタファー、ですよね？」

「そうそう、そのとおり！　よくわかってるね。きみは——」

「お盆を置いたらとっとと上がってきてよ！」階段の上から声がする。

「行ったほうがよさそうだ」と男はささやく。「それを食べてのんびりして、頼むからおとなしくしててくれよ。あんな彼女は初めてだ」

「早く！」女がわめくと男は階段を上がっていき、ドアを閉めて鍵をかけ、カイリーをまたひとりきりにする。

今回も男は銃を持ってきた。

あの銃がすべての鍵だ。

25

金曜日、午後三時十三分

携帯がぽろんと鳴る。新たな身代金がビットコイン・システムを通過してスイスの銀行口座に届いたら、通知が来るように設定してあるのだ。ヴィザやマスターカード、ことにアメックスなどは、支払い要求をときおり拒むことがあるが、今回はどうやら全額が払いこまれたようだ。

こういう細かな管理を行なう彼女を、兄はばかにする。兄は〈チェーン〉の管理を任されても、自分はほとんど何もしないとうそぶく。〈チェーン〉がみずからを律するに任せておくという。だが、彼女はもっと介入する。これは彼女の産んだ子供なのだ。

携帯を見る。よし、追跡不能な二万五千ドルの金がビットコイン・ランドリーを通過してきている。

それはとりあえずけっこうな話だが、こうも迅速に金をこしらえられたのなら、もっと支払えたかもしれないということにもなる。これは彼女のミスだ。彼女が身代金の額を設定したのだ。彼女がレイチェルの銀行口座と収入を調べて、二万五千がぎりぎりだろうと踏んだのだ。なにしろこの女は数週間前までウーバーの運転手をしていたのだし、資産家の娘でもないのだから。

全財産を搾り取るのではなく、そこそこの額にとどめておく――それが基本方針だ。目的は金ではなく、うんぬんかんぬん。

でもやっぱり……

彼女は自分の携帯にレイチェルのコンピューターをミラーリングしてみるが、レイチェルはゆうべからマックをひらいていない。明らかにいまは別のコンピューターを使っている。これはレイチェルがまったくのばかではないことをうかがわせる。

窓の外のボストン港に無意味に降る雨を見やる。レイチェルはこちらを出し抜こうとしているのか？　だとしたら、それはとんでもない過ちだ。

ウィッカーのアプリをひらいてレイチェルにメッセージを送る。〝標的のトビー・ダンリーヴィに着手する準備はできたか？〟

五分の間があってから、レイチェルが返信を寄こす。〝ええ。可能なら今夜実行するし、今夜がだめなら日曜の夜に実行する〟

〝なぜ明日の夜ではだめなのか？　もしくは明日の朝では？〟彼女はそう打つ。

〝あの子はアーチェリーのレッスンを受けていて、そのあと徒歩で帰宅する。アーチェリーは今夜と日曜の夜〟、レイチェルはそう答えてくる。

彼女はレイチェルの口調が気に食わない。おびえが足りない。敬意が足りない。自分はボスに話しかけている雑魚（ざこ）だということを自覚していない。

あたしはあんたを抹殺できるんだよ、レイチェル、と彼女は思う。**指をぱちりと鳴らすだけで、あんたはD通りのヤク中売春婦みたいに死ぬことになる。**

〝その子をつかまえたらすぐにウィッカーでメッセージを寄こせ〟と彼女は打つ。〝そうしたらまず、こちらがその家に電話をかける。おまえはそれから五分後にかけて、最初にこう言え。「おまえは最初ではないし、最後でもない。目的は金ではなく、〈チェーン〉だ。それを肝に銘じておけ」わかったか？〟

〝了解〟とレイチェルは書いて寄こす。

それがまたもやぞんざいで生意気に思える。気に食わない。

彼女はメッセージ・スレッドを閉じて、数分間じっくりと考える。

オリーはつねづね、ものごとを個人的な好き嫌いの領域へ迷いこませてはならないと言っている。さも自分のほうが年長で賢いかのように。年長といっても十五分だけのくせに。そう、あわてる必要はないのだ。問題はスピードではない。大切なのはこれを動かしつづけることだ。

オリーのモデリングによれば、〈チェーン〉に人が追加されればされるほど、大きな離反が起こる可能性も高まる。だからこそ恐怖が重要なのだ。恐怖こそが心を支配する。

人間という生き物は深い本能に支配されて生きている。ハツカネズミのようなものだ。こいつらはみな牧草畑のハツカネズミであり、あたしはその上を舞うハヤブサ、こいつらの些細な動きさえも見逃さないハヤブサだ。

ノア・リップマンのことを思い出す。彼女はノアに本気になっていたが、ノアは彼女と別れて新しいガールフレンドとともにニューメキシコへ引っ越した。だが結局のところ、〈チェーン〉ははるばるその砂漠の町にまで触手を伸ばした。ノアはタオスで何度か人生の悲惨な変転を経験するはめになった。ガールフレンドが轢き逃げにより死亡し、本人は勤めていた病院を解雇され、強盗に遭ってさんざんに殴られ、いまではサンタフェのホスピスで給料の安い過労ぎみの看護師をしている。頭は白髪になり、暴行を受けてからというもの、足を引いて歩くようになっている。

だが〈チェーン〉はつねに悪いものだともかぎらない、と彼女は思う。ときには人を助けたりもした。本当に大切なことに集中させてやった。だからある意味では、あたしはこの牧草畑のハツカネズミどもに親切を施してやっているのだ。おかげであなたも自分の目的がわかったでしょ、レイチェル？　かわいいカイリーにもう一度会いたければ、何をしなければならないか。いま感じているその盲目的なパニック。そのアドレナリンの放出。

行動しろというその叫び。〈チェーン〉はそれをあなたにあたえてあげたの。あなたを自由にしてあげたの。

彼女はラップトップを閉じる。

干渉するな、放っておけ、とオリーは言う。

でも、ときにはちょっとしたお楽しみも必要だ。

ウィッカーのアプリをもう一度クリックして、ヘザー・ポーターにメッセージを送る。

〝レイチェルが支払うべき身代金が、倍の五万ドルになった。残額は今日じゅうに支払うこと。ただちに本人に伝えろ。さらにレイチェルは、今日じゅうに後半を実行しなければならない。彼女が零時までに、追加の身代金を支払ったうえで誘拐を実行していなければ、おまえはカイリー・オニールを殺して新たな標的を探せ〟

よし、これで面白くなる。彼女はそう思い、多少の満足を覚える。

26

金曜日、午後三時五十七分

レイチェルはシャワーの下に立つ。だが、火傷するような熱い湯も、凍えるような冷たい水も効果はない――依然として彼女は悪夢の中にいる。子供を失うのはほかの人たち、注意が足りない人たちだ。十三歳の子供を寂しいバス停から家まで歩かせる、ミシシッピーかアラバマあたりの人たちだ。この種のことは、文化的で洗練されていて安全なマサチューセッツ北部では起こらない。

シャワーを出て冷たいバスルームの床に立ち、首を振る。こういう自己満足と思い上がりが、そもそもあいつらに娘を誘拐することを許してしまったのだ。頭がくらくらする。左胸が痛い。自分を繋ぎとめるものが何もなくなってしまった。捨ててしまった鏡に映る自分の顔をまた想像する。あの瘦けて、やつれた、醜い、ジェニファー・コネリーとは似ても似つかぬひどい顔。鏡を捨てるなんて――なんの冗談だったのか。たんに真実を隠しただけだ。町のごみ捨て場行きになったあの鏡たち。その悪運がみんな舞いもどってきている。

カミュ曰く、〝真冬にようやく、わたしは自分のなかに揺るぎない夏があることを悟った〟。

嘘ばっかり。

あたしが感じるのは心痛と恐怖と惨めさだけだ。なかでも恐怖。でも、そう、これは真冬だ、たしかに。氷河期まっただなかの、太陽の昇らない北極だ。**娘を誘拐されたばかりか、取りもどすにはいたいけな男の子を路上でさらい、その子を脅し、その子の家族を脅さなければならない。それも本気で。本気でその子を殺すと言うのだ。そうしなければカイリーに二度と会えなくなってしまう。**

Tシャツと、赤いセーターと、ジーンズを身につけると、リビングへ行く。

ピートがコンピューターから顔を上げる。

ピートに彼女の内面の苦悩はわからない。恐怖も迷いもわからない。ピートはやりたがっていない。善人なのだ。退役軍人なのだ。だから彼女はマクベス夫人の役をやらなくてはならない。「じゃ、これで準備完了ね」冷然とそう言う。

ピートはうなずく。たったいまアペンゼラー邸から戻ってきたところだ。

「家はどう？」彼女は訊く。

「完璧だよ。地下室は超静かだ。小便用のバケツを用意した。あの子が退屈しないようにコミックブックも何冊か。動物の縫いぐるみとゲームもいくつか。それにお菓子も」

「天気は？」

「まだ小雨が降ってる。大した降りじゃない」

「家族はいま何してる？」

「マイクはまだ仕事中だ。あとの三人は家にいる。ヘレン・ダンリーヴィはいま、裏庭の無花果（いちじく）の木についてフェイスブックに長ったらしい文章を書いてる。ああ、それと、トビーは絶対にピーナッツ・アレルギーじゃない」

「よかった。前にピーナッツ・アレルギーの女の人と飛行機に乗り合わせたことがあるんだけど。その人、誰かのピーナッツバター・サンドイッチのにおいを嗅いだだけで具合が悪くなっちゃって、たいへんだった」レイチェルはそう言って特大の溜息をつく。「ありがとう、来てくれて。あなたはあたしの支えよ、ピート。あなたがいなかったら、とてもここまで来られなかった」

ピートは彼女を見て唾を呑みこむ。口をひらいてまた閉じる。言っておかなければならないことがふたつある。ヘロインのこととバスティオン基地事件のことを話しておかなくてはならない。おれは支えじゃない。頼りにできない。失敗者だ。先に除隊しなければ、軍法会議にかけられていたんだ。「きみに話しておきたいことがあるんだ……」

レイチェルのアイフォンが鳴る。〝発信者不明〟

彼女はピートにも聞こえるようにスピーカーをオンにして電話に出る。「もしもし」

「計画に変更があった」カイリーを監禁している女が言う。

「どういうこと？」

「あなたは追加の二万五千ドルを〈インフィニティプロジェクツ〉の口座に振り込むことを求められてる」

「身代金はもう払ったじゃない。そんなの――」

「変更になったの。彼らはものごとを変更することもある。あなたはあと二万五千ドル支払わなくちゃならない。それだけでなく、プロセスの後半も今日じゅうに完了すること。わかった？　今日じゅうにこのふたつを実行しないと、わたしはカイリーを殺さなくちゃいけない」

「やめて、おねがい！　言われたことは全部やってる。協力してる！」

「それはわかってる。でも、彼らからメッセージが来たの。わたしたちは言われたとおりにするしかない。零時までにあと二万五千ドルを送金して、なおかつ後半を完了すること。あなたがそれをやらなければ、わたしはカイリーを殺すしかない。そうしなければ、うちの息子が殺されるんだから、わたしはやるしかない」

「そんなの狂ってる。あたしたち協力してるじゃない、言われたことはちゃんと――」

「わたしの伝えたことはわかった、レイチェル？」

「ええ——」

　通話が切れる。

　今日じゅうにもう二万五千？　どうやって？

「車が来る！」ピートがそう言いながら、リビングの窓の外を見る。

「ここへ？」

「ここへ。乗ってるのは二名。男と女。おれのトラックの横へ駐めてる。マーティはいま何に乗ってる？」

　レイチェルはすばやくキッチンの窓のほうを向く。やってきたのは白のメルセデスだ。運転席の男はマーティで、隣に乗っているのはまちがいなくタミーだろう。カイリーの受け渡しのときに一度会ったきりだが、タミーはすらりとしたブロンドで、かわいらしいボブカットにしている。助手席の女の髪型はたしかにそれだ。

「マーティだ！」とレイチェルは言う。

　ピートはキッチンの窓辺へ駆けよる。「たしかにそうだな。何しに来たんだ？　ジョージアにいるんじゃなかったのか？」

　レイチェルはうめく。「今日は金曜だった。週末のためにカイリーを迎えにきたんだ」

「時間が迫ってる。追いかえさないと」

「わかってる！」

窓のむこうからマーティが手を振る。レイチェルはキッチンの流しの前に呆然と立ったまま、マーティとタミーが外の階段を上がってくるのを見つめる。マーティはキッチンのドアをあけ、レイチェルに微笑みかけ、身を乗り出して彼女の頬にキスをする。元気そうだ。ハンサムに見える。映画スターなみのハンサムに。少し体重を落としたらしく、血色もいい。そして、量の多いその癖毛の切り方を心得ている床屋を、とうとう見つけたようだ。緑の眼をきらきらさせているが、レイチェルを見たとたん、濃い眉を寄せる。

レイチェルはマーティの胸に倒れこみたいという子供のような意気地のない衝動と闘う。首にすがりついて泣きたくなるが、洟をすすって気を取りなおし、にっこりと微笑む。

「ああ、レイチェル、きれいだよ」マーティは老練な俳優のように嘘をつく。後ろから小さな咳払いが聞こえると、タミーを前に押し出す。「タミーのことはもちろん憶えてるよね」

タミーは長身で美しく、気怠い（けだるい）ブルーの眼をしている。「レイチェル！」と声をあげて彼女を抱きしめる。「調子はどう？」

「まあまあよ」レイチェルは言い、大きく息を吸う。

ふたりを眼にしたショックは乗りこえたから、あとはふたりを追いかえすことを考えればいい。できるかぎり速やかに、なおかつカイリーの不在に不審を抱かせないようにして。

「ピート、ここで何してるんだ？」マーティは訊く。

ピートは部屋のむこうからずんずんと歩いてきて弟を抱きしめる。「よう、マーティ」「ピート、会えてうれしいよ。それにしてもまたこんがりと焼けたな。どうしたんだ？

タミー、これが兄貴のピートだ」マーティは言う。

「うれしいわ、やっとナマの本人に会えて」タミーはそう言って、ピートの頰にキスをする。

「ぼくがわが家の顔と頭脳を受け継いでるのは明白だと思うけどな」とマーティは軽口をたたく。「どうしてここへきたんだ、兄貴？」

ピートの脳がフル回転して理由を考え出そうとするのが、レイチェルにはわかる。「あたしがピートに電話して、屋根を見てもらったの」彼女は言う。

「そう、屋根をね、見にきたんだ」ピートも話を合わせる。

「力になれなくて悪かったね、ハニー」とマーティは残念そうに言う。「電話じゃずいぶんあわててたみたいだけど」

「もうだいじょうぶ」レイチェルは答えながら時計を見る。

「で、ぼくのゴールデン・ガールはどうした？ 迎えにくるのがちょっと早すぎたかな？」雨漏りのことで大喧嘩になるのを避けられてほっとした口調でそう言うと、マーティはカイリーを探してあたりを見まわす。

「どこかへ連れていくつもりか？」さり気なさを装いすぎの口調でピートが訊く。

「ちょっとしたパパごっこと、いかれたおばちゃんごっこにね。この設定ではあたし、いかれたおばちゃんなの」タミーが言う。

「カイリー！」とマーティが二階に向かって叫ぶ。

「そうそう、忘れるところだった。これ、あなたに」とタミーは買い物袋からシャンパンを一本取り出して、レイチェルに渡す。「もうすぐ一周年でしょ」

「一周年？」とレイチェルは訊きかえす。「あたしたち二月に離婚したばかりよ」

「そうじゃなくて。最後の薬物療法からもうすぐ一年だって。マーティがそう言ってる。もう一年たつけど、再発してないって」

「ああ、そうか、そっちね。もう一年？　速いものね、時のたつのって」レイチェルはそう言いながらも、マーティが来ることを忘れていた自分にまだ怒り狂っている。

「一年間の完全寛解(かんかい)。なかなかのもんだよ」とマーティが言う。「お祝いしなくちゃ。この週末は暇になるんだから、自分にご褒美をあたえてさ。どうしてもぼくを引っぱっていけなかったあの、マックス・リヒターのコンサートに行くとかね」

　すっかり皮肉なプレゼントになってしまったそのシャンパンの瓶を、レイチェルはカウンターに置く。礼儀としてはふたりに一杯勧めるべきだが、そんなことをしていたら貴重な時間がますますむだになる。気持ちが焦る。この状況をどう説明したらいいだろう？

カイリーが病気なのだと言うわけにはいかない。それなら顔だけでも見たい、とマーティは言うはずだ。

「で、なに、オーガスタだって？」ピートがもごもごと尋ねる。会話を始めたいわけではなく、考える時間を稼ごうとしているのだ。

「あー、そこに話を振っちゃった？」とタミーが言い、自分の首を吊るまねをする。

「そうなんだよ、いや、すばらしいねオーガスタ・ナショナルは――」とマーティがしゃべりはじめる。

「カイリーはどうしたの？　仕度をしてるの？」とタミーがいぶかしむ。彼女はレイチェルの手を取り、にっこりと笑いかけ、着信音の鳴った自分の携帯をチェックする。

まったくもう、こういう若い子たちにはうんざり。レイチェルはそう思いながら手をもぎ離す。**笑顔の裏にどんなことだって隠せるんだから。**

どんなことだって――

ふと、不吉な考えが浮かぶ。

とんでもない考え。

おぞましい考えが。

「あなたのつけてるそれ、すてきなネックレスね」と彼女はタミーに言う。「あたし、チェーンをひとつ買いたいなと思ってるところなの。どう思う？」

タミーは携帯から顔を上げる。「え？」

「チェーンを買おうと思ってるの。あなたのみたいな。問題はお金じゃないものね？ チェーンよね」

「よかったらこれ、あげるわよ。〈フィリーンズ〉で買ったの。バーゲンのときに」

まったく反応なし。〈チェーン〉はタミーとはいっさい関係ないのだ。あるはずがない。標的選びはほぼ完全に無作為なのだから。そこがこれの天才的なところだ。レイチェルは別れた夫のほうを向く。「ねえ、マーティ、ほんとに恥ずかしい話なんだけど。あたし、ポカをやっちゃった。あなたに電話しわすれちゃった。あの子は留守なの」

「留守？」

「全部あたしのせい。あなたたちにここまで来させちゃったのは。今日あなたが来るのをすっかり忘れてた。久々に教壇に立つことやら、屋根のことやら、講義の原稿を書くことやらで頭がいっぱいで、けろっと忘れちゃったの」レイチェルは言う。

「カイリーはどこにいるんだ？」

「ニューヨークへ行った」レイチェルは言う。

「ニューヨーク？」マーティは面食らって訊きかえす。

「そう。あの子、学校でツタンカーメン王についての研究をやってるんだけど、メトロポリタン美術館であのミニ展示会をやってるから、今学期は成績がよかったし、見にいかせてやったのよ」

「ニューヨークまでか？」

「うん、あたしがニューヨーク行きのバスに乗せてね、おばあちゃんがポート・オーソリティまで迎えにきて、ブルックリンのアパートへ連れてってくれたわけ。おばあちゃんのところに二、三日泊まって、好きなだけエジプトを堪能することになってる」

マーティの眉間に皺が寄る。「もう十一月だぞ。きみのお母さんはフロリダに行ってるんじゃないのか？」

「ううん、まだ。今年はずいぶん暖かいから、例年より長めにニューヨークにいるの」

「カイリーはいつ帰ってくるんだ？」

「二、三日したら。お芝居を見にいくかもしれないって。その、ママが《ハミルトン》のチケットをうまく手に入れられるみたいで」

「え、なら、あたしもカイリーに訊いてみなくっちゃ。彼女、いつの晩に行くの？　あたしメールする」タミーが言う。

「あなた、カイリーの番号を知ってるの？」レイチェルはぎょっとして訊く。

「もちろん。インスタグラムも相互フォローしてるし。でも彼女、ニューヨークのことなんかなんにも投稿してなかった気がするな」

「それは――」

「変だなあ」とタミーは携帯を見ながら言う。「カイリーったら昨日の朝からインスタグラムになんにも投稿してない。いつもなら日に二、三回は投稿してるのに」

「ほんとにだいじょうぶなのか、あの子？」マーティが不安になって訊く。

「ええ、まったく心配ない」とレイチェルは言い切る。「きっと、おばあちゃんにアイフォンを没収されたのよ。おばあちゃんたらいつも、ちっぽけな画面で顔を隠してないで現実の世界を見なさいって、うるさく言ってるから」

マーティはうなずく。「いかにもジュディスらしいな。だけど、レイチェル、なんだよ、どうして知らせてくれなかったんだよ。メール一本ですむのにさ。そうだろ？　そうすればこんなむだ足は踏まなくてすんだんだから」

レイチェルの頭に血がのぼる。自分はどうなのよ？　あんたがオーガスタでゴルフなんかしてるあいだに、娘は誘拐されたのよ。あんたが妻を、それも癌から回復しかけてる妻を捨てて、若い女のところへ奔（はし）ったんじゃない。あんたが――

だめ。

いまは喧嘩なんかしているときじゃない。超反省モードでマーティを追いかえさなくては。「ほんとにごめんね、マーティ。あたしがいけないの。大ばかもいいとこ。プレッシャーがいろいろとあったもんだから。新しい仕事に、講義に、雨漏りにと。ごめんね」

マーティはレイチェルの謝罪に戸惑う。「ああ、いや、うん。いいんだよ、スウィーティ、そういうこともあるさ」

いまだ、追いかえせ！　とレイチェルの頭の中で声が叫ぶ。

「夕食を食べていく？」一か八かそう尋ねてみる。「はるばる来てもらったのに、おもてなしもしないで帰したんじゃ、申し訳ないもの。なんにもないけど――」マーティのいちばん苦手な食べ物はなんだっけ？　ムール貝？　そうだ。ムール貝のガーリックソースが昔から大嫌いなのだ。「――サラダはたっぷり作れるし、魚市場にびっくりするようなムール貝がはいってたの」

マーティは首を振る。「いやいや。もう帰らないと渋滞に巻きこまれる」

「渋滞？」とタミーが怪訝そうに言う。「渋滞するのは逆方向じゃん」

「渋滞するんだよ」マーティは譲らない。

「ごめんね、あたしがぼんやりしてたばっかりに」レイチェルは言う。

マーティはいいんだよというようにうなずいてみせる。「わかった。じゃ、次の週末にしようか」

「うん、もう一度来てもらうのは悪いから、あたしがカイリーをボストンまで連れていく。せめてもの罪ほろぼしに」レイチェルはそう言いながら、あの子は次の週末までに戻ってくるだろうかと考える。戻ってくるなら――無事なら、ほかのことはどうでもいい。マーティに毎週だってあのばかげた水族館に連れていかせてあげる。

「そんな必要はないよ」とマーティは言いながら、別れのハグをする。タミーはレイチェルの頬にキスをする。五分後、ふたりは外に出て自分たちの車に乗りこむ。

ピートとレイチェルは戸口の上がり段から手を振ると、中にはいってドアを閉める。

時刻は五時二十分。ずいぶん時間をむだにした。アーチェリーは六時に始まり、トビー・ダンリーヴィは七時に旧税関ホールを出る。

「零時までにもう二万五千支払わないと、カイリーは殺されちゃう」レイチェルはパニックを寄せつけまいとしながら言う。

「おれがなんとかする」ピートはそう答え、ダークウェブ上のビットコイン購入サイトにログインする。

「何をするの？」

「一枚のカードは利用可能枠が一万五千ドルあるし、もう一枚は一万ドルだ、だいじょうぶ」ピートは言う。

「それだけのお金が銀行にあるの？」

「そんなことは問題じゃないだろ？　カイリーを取りもどせればいいんだから」

レイチェルはピートのうなじにキスをして、彼が口座を作って送金するのを手伝う。

「時計を見てる？」彼女は訊く。

「もう終わる」とピートは言う。「ダッジを暖めておいてくれ。マスクと手袋を忘れずに積んで」

レイチェルは外へ駆け出し、トラックに荷物を積みこむと、イグニションにキーを差してエンジンをかける。

時刻は六時五分前。

レイチェルが戻っていくと、ピートは「終わった」と言い、ヘレン・ダンリーヴィのフェイスブックを見る。「ヘレンはアーチェリー・クラブへ向かった。おれたちも出かけよう。銃を取ってくる」

「この子を傷つけるのはいや」レイチェルは言う。

「誰も傷つける必要はないと思うけど、善意の助っ人をびびらせるために、空にぶっ放す必要は出てくるかもしれない。コルトの四五口径なら、ばかでかい音がしてちょうどいい」ピートはそう言って彼女を安心させる。

レイチェルはうなずく。いまの自分の言葉について考える。〝この子を傷つけるのはいや〟。この子。この子にはトビーという名前がある。トビー・ダンリーヴィだ。でも、〝この子〟と呼ぶほうが楽だろう。抽象的なものにしたほうが。人間より。人間の子供より。自分たちは〝この子〟を脅さなくてはならないかもしれないのだ。いや、それどころか、その脅しを実行しなくてはならないかもしれないのだ。

体が震えてくる。ピートがじっと見つめている。

「わかった。行こう」レイチェルは言う。

ふたりはダッジに乗りこみ、一号線をベヴァリー方面へ向かう。道はいつもより混んでいるが、心配することはない。ベヴァリーまではわずか二十分だし、アーチェリーが終わるまでにはまだ一時間ある。

ピートはレイチェルの手を取り、軽く握りしめる。「お母さんに電話して、口裏を合わせておいたほうがいい。マーティが電話して、カイリーと話したいと言いだすかもしれないから」

「そうね」とレイチェルは言い、フロリダにいる母親に電話をかける。

「いまからブリッジをやるとこなんだけど、なあに?」母親のジュディスが電話に出る。

「ママ、あのね、あたしいまマーティに、カイリーはニューヨークのおばあちゃんのところに泊まってるって言っちゃったの」

「ええ? なんでそんなことを言ったのさ?」

「今週はむこうに泊まる番だから、さっきマーティがカイリーを迎えにきたんだけどね、カイリーはマーティの新しいガールフレンドを嫌ってて、彼のところには行きたくないって言うから、あたし、ちょっとパニクっちゃって、あの子は二、三日ニューヨークのママのところにいるって言っちゃったの」

「でも、あたしはフロリダにいるんだよ」

「ママがフロリダにいるのはわかってるけど、もしマーティから電話があったら、ママはいまブルックリンにいて、カイリーと一緒だって、そう答えといて」

「ニューヨークで何をしてるわけ？」

「カイリーはメトロポリタン美術館でエジプトの展示を全部見たがってる」

「あの子の好きそうなもんだね」

「それと、《ハミルトン》のチケットを手に入れて観にいくことになってる」

「そんなチケット、どうすれば手にはいるわけ？」

「わかんない。ママの知り合いがチケットを持ってるんだけど、観にいけなくなったとか」

母親は長いこと黙りこみ、それについて考える。「まったくとんでもない嘘地獄に引きずりこんでくれたね。じゃ、あたしは元の義理の息子が電話してきたら、《ハミルトン》を観たふりをしなくちゃいけないわけ？ なんて言えばいいのさ」

「もう、少しは自分で考えてよ、ママ。ああ、それと、ママはカイリーの携帯を没収したことにもなってるからね」レイチェルがそっけなく言うあいだに、車は〝ベヴァリー、次の出口〟という標識を通過する。

「なんであたしが十三歳の孫の携帯を取りあげるんだい？」

「はるばるニューヨークまで来たくせに、眼の前十五センチのところにあるちっぽけなガラスばかり見つめてるから、頭に来ちゃったの」

「ああ、それはもっともだね」母親は言う。

「じゃあ、ママ、いろいろ感謝してる、ママは命の恩人。よろしく」レイチェルがそう言うあいだに、車はベヴァリーに着く。

「元気でね、体に気をつけるんだよ」

「あたしはだいじょうぶ。何もかもだいじょうぶ」

レイチェルは電話を切る。小雨が降っており、冷たい風が海から吹いてくる。

「まずいなこの天候は」とピートが言う。「ヘレンがトビーを歩かせるのをやめて、迎えにくるかもしれない。チェックしてみよう」

フェイスブックには何も書きこまれていないが、家のパソコンに入れたワームにより、ヘレンが妹にメールを書いているところだとわかる。妹に薦められた《アトミック・ブロンド》を、マイクと一緒に観ているという。

チャンスの窓は閉じていない。

ふたりは六時半にレヴェニュー通りに車を駐めるが、どうしたわけか、旧税関ホールから子供や大人がぞろぞろと出てくる。

「なんだこれ？　誰だあの子たち？　なんだよおい、アーチェリー・クラブみたいだぞ！」ピートがあわてる。

「見て、弓やなんかを持ってる。たしかにそうだ！　あたしたち、もうヘマをしちゃった！」レイチェルは声をあげる。

「行こう！　ルートを走るんだ！」ピートに言われて、レイチェルはギアを入れる。

「いま出す」

「どうなってるんだ。終わるのは七時のはずなのに。なぜ早く出てくるんだ？　それも三十分も早く！　わけがわからない」ピートは言う。

「まずい、まずい、まずい」とレイチェルは繰りかえす。

「だいじょうぶだよ」とピートは冷静に言う。「たんに出てきただけだ。まだ失敗したわけじゃない」

レイチェルは大急ぎでレヴェニュー通りを走りぬける。スタンドア通りへ曲がると、百メートルほど先に、複合弓のようなものを突っこんだスポーツバッグを持った、パーカー姿の子供がいるのが見える。フードをかぶり、ダンリーヴィ家のほうへ歩いていく。

「あれって彼？」レイチェルは訊く。

「わからないが、バッグから突き出てるのはまちがいなく弓の端だな。道には両側とも誰もいない。いまのところは」

「スキーマスクをかぶって」やみくもなパニックを声に表わすまいと懸命に努力しながら、レイチェルは言う。

「人影なし」とピートは言う。姿を隠すための暗がりも木陰も、結局は必要なかった。雨のおかげで、潜在的目撃者はみな外出を思いとどまっている。レイチェルはワイパーを作動させ、ライトを消すと、車を前進させてその子の前で停める。

「誰もいない」ピートは通りの左右を見渡しながら言う。

「じゃ、行って！」レイチェルは言う。

ピートは四五口径を持って助手席から飛び出していく。その子に声をかけるのが見える。それからふり返り、レイチェルに首を振ってみせる。

何かがおかしい。ピートは少年を連れずに車へ戻ってくる。

いったいどういうこと？

「どうしちゃったの？」彼女は訊く。

「あれは女の子だ」ピートは言う。

レイチェルはスキーマスクをかぶり、車からおりていく。見るとたしかに、茶色の髪をした小柄な痩せっぽちの女の子だ。八歳か九歳ぐらいだろう。小さな体にはどう見ても大きすぎるスポーツバッグを持っている。

「アーチェリー・クラブからの帰り？」とレイチェルは訊く。

「そう」女の子は答える。

「どうして早く終わったの？」ピートが訊く。

「暖房が壊れちゃったから、帰りなさいって。おじさんたち、どうしてそんなものをかぶってるの？」

「お名前は？」レイチェルが訊く。

「アミーリア・ダンリーヴィ」

「お兄ちゃんのトビーはどうしたの？」

「リーアムのおうちへ行った。このバッグを持って帰れって、あたしに命令して」

「どうする？」ピートがレイチェルに訊く。

「この子をさらう」レイチェルは硬い声で言う。

「それは計画とちがうぞ」

「いまからはこれが計画よ」レイチェルはそう宣言する。こんなことをもう一度やるなんて、自分にはとうていできない。やれなければカイリーは殺される。

「おいで、アミーリア」とピートが言う。「おうちまで乗せていってあげよう」

ピートは少女を車に乗せてシートベルトを締めてやると、自分はその横に座ってドアをロックする。レイチェルは車をUターンさせ、一号A線の出口方面へ向かう。

「ほんとにこの子でいくのか？　アレルギー問題はどうするんだ？」ピートは訊く。

「それはなんとかしよう。ピーナッツもピーナッツを材料にしたものも禁止。エピペン（アレルギー反応に有効な自己注射薬）を手に入れて……くそ！」レイチェルは悪態をついてダッシュボードを殴りつける。

「いけないんだよ、そんな言葉使っちゃ」アミーリアが言う。

「そうね」とレイチェルは応じる。「ごめんなさい。あなた、いくつなの？」

「八歳。十二月には九歳になるの」アミーリアは言う。

「八歳の子を今どき夜にひとりで歩いて帰らせるなんて。それも雨の中を。誰がそんなことをさせるの？」レイチェルはつぶやく。

「ほんとはトビーが一緒にいるはずだったの。あたし、今日が初めてのアーチェリーだったんだもん。やっとジュニア用の弓を使えるようになったから。トビーはあたしと一緒に帰ることになってたんだけど、早く終わったからリーアムのおうちへ行っちゃった」

「で、あなたをひとりきりで家に帰したわけ？」

「おまえはもう大きいからって。自分のバッグをあたしに持たせて」アミーリアは言う。

「じゃあ、おばさんたちと一緒においで。ママにはオーケーをもらってるから。冒険をするの」とレイチェルは教える。

アミーリアが首を横に振るのがルームミラーで見える。「行きたくない。おうちに帰りたい」

「おうちには帰れないの。おばさんたちと一緒に来なさい」レイチェルはなおも言う。

「うちに帰りたい！」とアミーリアは言い、泣きだす。

アミーリアがシートベルトをたたいたり引っぱったりしはじめると、レイチェルは気分が悪くなる。

「うちに帰りたい！」アミーリアは泣き叫び、ピートは暴れる少女を大きな手で押さえつける。

町を出ると、レイチェルはダッジを一号A線の人けのない路肩に急停車させる。ベヴァリーとウェナムのあいだにあるどこかのじめじめした森の中だ。車をおりてスキーマスクをむしり取り、嘔吐する。

唾を吐いてふたたび嘔吐する。口中が酸っぱくなり、喉がひりひりする。涙が頬を伝い落ちる。

空嘔（からえずき）しか出なくなるまで吐きつづける。

ピートがダッジのドアをあけて、アミーリアの靴とスポーツバッグを放り出す。「沼に沈めたほうがいい。念のために。GPSの発信器が仕込んであるかもしれない」

レイチェルは靴をバッグに入れ、ジッパーを閉まるところまで閉めると、それを沼に放りこむ。だが、バッグは浮いてしまう。《サイコ》のノーマン・ベイツみたいに車ごと沈めている暇はないので、沼にはいっていってそれを踏みつけて沈める。それからスキーマスクをかぶりなおす。

「運転を替わろうか？」ダッジの運転席に戻ると、ピートにそう訊かれる。彼女は首を振り、アミーリアのほうを向く。小さな顔に涙をぽろぽろとこぼし、眼を真ん丸にしている。おびえているのだ。

「だいじょうぶよ」とレイチェルは言う。「二、三日あなたを連れていくだけだから。これはゲームなの。ママとパパもこのゲームのことはちゃんと知ってる」

「ママたちもゲームをしてるの？」アミーリアは驚いて言う。

「そうよ。だからだいじょうぶ。約束する」レイチェルはそう言うと、ギアを入れて車を発進させる。

「ここからはこの目隠しをつけなくちゃいけないんだ。これもゲームの一部だからね」ピートがアミーリアに言う。

「目隠し鬼みたいに？」アミーリアが訊く。

「そうそう」ピートは言う。

「それなら前に一度やったことがある」

アミーリアが目隠しをすると、ピートとレイチェルはスキーマスクを脱ぐ。

ニューベリーにはいる直前に州警の車がルームミラーに映る。

「パトカーだ」とレイチェルは静かに言う。

ピートは振りかえる。「こっちは何もおかしなことはしてない。このまま走りつづけるんだ。スピードを上げるなよ。落としてもだめだぞ」

「わかってるってば」とレイチェルは噛みつく。「でも、銃を貸して。停められたら、言い逃れは絶対にできないから」

「レイチェル――」

「貸してってば！」

ピートは四五口径を手渡し、レイチェルはそれを膝に載せる。

「使い方はわかってる？」ピートは訊く。

「ええ。停められたらどうするかは合意ずみよね？」

「ああ」とピートは答え、息を止める。

27

金曜日、午後六時五十七分

パトロールカーは三十秒間ぴたりと後ろにつけ、ゆっくりと追い越し車線にはいって横にならんでから、一気に抜いていく。

当然だ。

こちらは何もおかしなことはしていないのだから。

レイチェルはまっすぐアペンゼラー邸まで車を走らせる。

アミーリアは呆然としているのかおびえているのか、どちらかのようだ。どちらでもかまわない。おとなしくしていてくれれば、それでいい。「中へ連れてって。あたしは電話をかけるから」レイチェルはピートに指示する。

通りに人影がなくなると、ピートはアミーリアをダッジからおろして地下室へ連れていく。

レイチェルは運転席に残り、携帯のウィッカー・アプリをひらく。〝完了した〟と連絡相手にメッセージを打つ。

〝何を？〟と返信が来る。

〝アミーリア・ダンリーヴィを誘拐した。すでに監禁している〟

電話がかかってくる。「よし。よくやった」と、ひしゃげた声が言う。「いまからこちらが家族に電話する。おまえはそのあとで電話して十万ドル要求しろ。前回と同じ口座にビットコインで支払わせるんだ」

「十万！　それはちょっと――」

「十万というのは彼らの預金口座にある額の半分でしかない。彼らなら容易に支払える。目的は金ではないぞ、レイチェル」

「ええ。目的は〈チェーン〉よね」

「そのとおり。こちらからまず電話して、彼らにペンと紙を用意しろと命じる。おまえはいまから五分後に使い捨て携帯で彼らにかけろ。むこうは電話の横でおまえからの連絡を待っているはずだ」

通話が切れる。

レイチェルは使い捨て携帯でピートに電話する。

「もしもし？」ピートが言う。

「うまくいってる?」

「本人はぴりぴりしてる。どう見てもおびえてる。おじさんたちはママとパパの友達だと言い聞かせてるが、信じているようでもあるし、いないようでもある」

「気をつけてあげてね。ナッツ類は食べさせないで。あの子がどのくらい敏感か知らないけれど、大事を取らないと。映画でよく見るばかなベビーシッターにはなりたくないから」

「ならないさ」

「食べさせるものは全部ラベルを読まないとね。それと、エピペンを手に入れる必要がある」

「そうだな。それはおれが調べる。たぶんイーベイで買えるだろう。家族にはもう電話した?」

「これからする」

「それとは別の携帯を使うんだぞ。屋敷から離れたところまで運転していってかけるんだ」

「わかった。そうする」

レイチェルは急いで海辺の駐車場へ車を走らせる。ダンリーヴィ家の番号に電話をかける。「もしもし?」女の声が不安げに言う。

「娘のアミーリアを誘拐した。こちらで預かっている。警察には知らせないこと。警察や法執行機関に知らせたら、娘の命はない。わかったか？」

ヘレンはきいきい喚きはじめる。

静かにしないと娘の頭に弾を撃ちこむ。レイチェルはそう言ってヘレンを落ちつかせる。用件を伝えるのに十分かかる。

電話がすむと車をおり、吐くものがなくなるまで嘔吐を繰りかえす。

それから、海岸にうち寄せる黒い海原を見つめる。

砂浜に座りこむと、冷たい雨が激しく降りだす。

頭が痛む。破裂しそうな気がする。

五分ほどそうして座りこんでいてから、立ちあがって使い捨て携帯をばらばらに踏みつぶし、かけらを海へ投げこむ。空に向かって顔を上げ、降りしきる雨に自分を洗い清めてもらおうとする。だが、効き目はない。

別の使い捨て携帯でピートに電話する。「終わった。そっちは順調？」

「いまひとつだ。手錠をかけてあの子を柱につないだ。それはあまり気にしなかったし、喚いたりもしていないんだが、ママに会いたいといってめそめそしてるし、ブーちゃんがいないと、ここじゃ寝られないと言ってる。ブーちゃんというのは熊らしい。ほかの縫いぐるみはいろいろあるんだが、ブーちゃんじゃなきゃだめだとさ」

「任せて」とレイチェルは言う。

自宅まで車を飛ばし、カイリーの部屋へ駆けあがり、マシュマロを見つける。カイリーが大事にしているピンクのうさぎの縫いぐるみだ。マシュマロも飼い猫のイーライもいないところで、カイリーはどうやって眠っているのだろう？

マシュマロをつかみ、フードをかぶると、アペンゼラー邸まで雨の中を走っていく。裏口をノックすると、ピートが中へ入れてくれる。ピートは電話中で、不安げな顔をしている。

「どうしたの？」レイチェルはささやく。

「アメックスが支払い要請を確認したいと言ってきてるんだ」ピートは送話口を手で押さえながら言う。

「あたしもヴィザに同じことをやられた。今日じゅうにお金を振り込めないと、カイリーは殺されちゃう」

「わかってる。それはおれがなんとかする」とピートは答えるが、見るからに具合が悪そうだ。落ちつきがなく、汗でじっとりし、眼が飛び出ている。

「だいじょうぶ、ピート？」

「ああ、だいじょうぶさ。こっちはおれがなんとかする」

レイチェルはスキーマスクをかぶって地下室へおりる。

アミーリアは疲れ果てている。泣いて、抗って、また泣いたのだから、いましたいのはおそらく眠ることだけだろうが、ブーちゃんがいないのでそれもできない。マットレスの上に敷いた寝袋に座り、レゴとゲームと、お門ちがいの縫いぐるみに囲まれている。

レイチェルはアミーリアの横に腰をおろす。「心配なのはわかるけれど、心配することなんてなんにもないのよ。ここにいればだいじょうぶ、嘘じゃない。怖いことなんか、おばちゃんが絶対に起こらないようにしてあげる」

「ママがいい」アミーリアは言う。

「そうね。すぐにママのところへ帰してあげる。あのね、ブーちゃんのことを聞いたけれど、ブーちゃんはここにいないから、ほら、うちの娘の特別なお友達のマシュマロ。娘とは生まれたときから一緒でね。すごく特別な子なの。十三年分の愛が詰まってるんだから」

アミーリアは疑わしげにマシュマロを見る。「ブーちゃんがいい」

「ブーちゃんはいないの。でも、マシュマロがいる。マシュマロはブーちゃんのお友達なのよ」

「ほんと？」

「そうよ、すごく仲良しなんだから」レイチェルはマシュマロを差し出し、アミーリアはためらいがちにそれを受け取る。

「お話をしてあげようか?」レイチェルは訊く。

「してくれてもいい」

「ミルクとクッキーは好き?」

「うん」

「ここで待ってて、見てくるからね」

レイチェルは上階へ戻る。ピートはポーチでアメリカン・エキスプレスを説得して支払いを認めさせようとしている。説得できなければ二時間後には、とち狂ったどこかの女にカイリーを殺されてしまう。

キッチンのドアをたたくと、ピートが振り向く。

「うまくいきそう?」と彼女は訊く。

「まだ交渉中だ」

レイチェルは〈ローナ・ドゥーン〉のクッキーのラベルを読み、念のために原材料をグーグルで調べる。ナッツ類は使われていない。ミルクとクッキーを持って地下室に戻る。

『ゴルディロックスと三匹の熊』の話をしてやると、アミーリアは喜ぶ。その話を知っているのだ。

次に『ヘンゼルとグレーテル』の話をしてやると、アミーリアはそれも知っている。

どちらも森の中で危険をくぐりぬける子供の物語だ。

かわいそうなアミーリア。何十年も昔のあの別のアミーリアのように、突然みんなの前から姿を消してしまって（世界一周飛行の途次、行方不明となったアミーリア・エアハートのこと）。

アミーリアはいい子だ。利発で。好きにならずにはいられない。誰だってそうだろう。危害など加えられるはずがない。

三十分後、階段の下り口にピートが現われる。レイチェルに親指を立ててみせる。

「うまくいった？」

「うん」

「ああよかった」

「アミーリアはどう？」

「おりてきて見て」

「眠ってるね」とピートは階段のいちばん下の段までおりてきてささやく。「どうやって寝かしつけたんだ？」

「ミルクとクッキーと、マシュマロのおかげだと思う」

「どんなクッキー？」

「〈ローナ・ドゥーン〉。だいじょうぶ、ちゃんと原材料を調べたから」

「エピペンはじきに届く。イーベイで注文したよ」

「送り先はここにしてないでしょうね？」

「だいじょうぶ。ニューベリーにあるイーベイのドロップボックスに届く」

「よかった」

「今夜はおれがここに泊まる。きみは帰れよ、へとへとだろう」

「ここに泊まる」

「いや、帰ってくれ、頼む」

ピートと言い争いはしたくない。たしかにへとへとだ。すっかりうちひしがれている。使い捨て携帯のひとつでアミーリアの写真を一枚撮る。「これを家族に送る」

「少し眠れよ、レイチェル」

「疲れてない」彼女は言い張る。

ピートはぽりぽりと腕を掻いており、汗ばんでいる。表情がうつろで、具合が悪そうだ。

「あなた、ほんとにだいじょうぶなの？」レイチェルは訊く。

「おれ？　もちろん。きみは帰れ。ここはおれひとりで平気だ」

レイチェルはうなずき、地下室の階段を上がる。ポーチに出て、砂浜を歩き、家へ。凍えるような雨の冷たさがうれしい。不快さ、惨めさ、苦痛。自分にはそういうものがふさわしいのだ。家の前に立ち、新しい使い捨て携帯でダンリーヴィ家に電話する。

「はい？」ヘレンがパニックにあえぎながら言う。

「お金の準備と標的選びはやってるでしょうね。アミーリアの写真を送るから。いまは眠ってる。元気よ」

「あの子と話をさせて！」

「いまは眠ってるの。写真を送る」

写真を送信すると、携帯を破壊してから家にはいる。

コーヒーをいれ、ミラーリングしているデスクトップPCでダンリーヴィ夫妻の動きを監視しはじめる。警察にメールしたり、メッセージを送ったりはしていない。

零時過ぎにレイチェルのアイフォンが鳴る。

「もしもし？」

「レイチェル？」声がささやく。

「ええ」

「あなたに電話しちゃいけないことになってるんだけど、うちの息子が一時間前に解放されたことを、どうしても伝えたくて。もうわたしたちと一緒にいるの！」

「息子さんを取りもどしたの？」

「そう。まだ信じられない！　ほんとにうれしい！　あの子は無事に、ちゃんと帰ってきた。わたし、希望を持つのが怖かったけれど……ちゃんと帰ってきた」

「でも……じゃ……何かいますぐカイリーを解放できる方法はない？」

「それは無理。無理なのはわかってるでしょ。〈チェーン〉は継続しなくちゃならないんだから。あなたもそのプロセスを信頼して。わたしが〈チェーン〉を途切れさせたら報復が始まっちゃう。そうしたらわたしは危険にさらされて、息子も危険にさらされて、あなたもカイリーも危険にさらされちゃう」

「彼らがはったりをかましてるのでなければね」

「彼らははったりをかますような人たちじゃない。プロセスがすっかり狂って、わたしたちがおたがいに殺し合いをはじめたら、きっと喜ぶと思う。あの一家がどんな目に遭ったか、ネットで調べたでしょう」

「ええ」

「彼らに教えられたんだけれど、何年も前に誰かが離反したとき、処罰は〈チェーン〉を七代前までさかのぼってやっと終わったんだって」

「うそ！」

「でも、あなたはカイリーの解放に一歩近づいたのよ。わたし、それを伝えたくて。もうすぐ終わるからね、レイチェル、かならず終わるから」

「ああ、そうだといいけど」

「だいじょうぶ」

「あなたはどうやったの？　どうやって切りぬけたの？　どうやってそんな力を見つけたの？」

「よくわからないけど。カイリーともう一度会える瞬間を想像してみたらどうかしら。あなたが何をしようと、どんな選択をしようと、それはみんなその目的のための手段なの、わかる?」

「ええ」

「わたしたちがカイリーをさらったとき、ちょっとした事件があったの。恐ろしいできごとが。カイリーにじゃなくてね。カイリーはだいじょうぶ。でもわたし、とんでもないことをしなくちゃならなくて、昔のわたしだったら、自分があそこでしたことでものすごく苦しんだと思う。でも、いまのわたしがどう感じてると思う? なんにも感じてない。安堵だけ。わたしはしなければならないことをして、息子を取りもどしたの。それだけのこと」

「わかった気がする」

「あともうちょっとだけ頑張ってね」

「ええ」

28

土曜日、午前零時七分

マイク・ダンリーヴィは、バスルームの床で体を丸めてすすり泣いている妻を見る。自分も隣に倒れこんで泣きだす。

銃を床に置く。いまさら装塡（そうてん）した銃を持って家の中を歩きまわってもしかたない。銃などなんの役に立つ。殺す相手がいないのに。

「トビーはどうしてる？」ヘレンが涙で頰を濡らしたまま訊く。

「眠ってる。アミーリアは友達の家に何日か泊まることになったと言っておいた」

「そんなこと信じた？」

「気にしてなかった。アーチェリーの道具がどうなったか知りたがっただけだ。道具は無事だと言っておいた」

「神様に力をお貸しくださいって祈ってもかまわないと思う？」ヘレンは悩む。

「やるつもりなのか、こんなこと？」

「やるしかないもん」

「そんなことはない。警察に行くことだってできる」

「警察に行ったらあの子は殺されちゃう。あの子をさらった女はモンスターよ。声でわかる。あたしたちはアメリカ一ひどい親。車の運転席でクスリをやりすぎちゃう人たちがいるでしょ？　あたしたちはそれより愚か」

　ヘレンはふたたび泣きだす。いまにも死にそうに、大きな気息音をまじえてしゃくりあげる。バスルームの窓から射しこむわずかな光で、マイクは妻の顔を見る。

力をなくし、うちひしがれ、すっかりまいっているようだ。かける言葉もない。

「ブーちゃんがいないのに、あの子どうやって眠るの？」ヘレンは言う。

「どうやってかな」

「取りもどすよね？　取りもどすって言って」

「取りもどすよ。ぼくらにできることはなんだってやる。その虫けらどもをひとり残らず殺すことになろうと、あの子はかならず取りもどす」

29

土曜日、午前五時三十八分

外はまだ暗いが、もしかしたら東の空は少し明るんできたかもしれない。カイリーは眠れない。レンチを手に入れることに成功してから一睡もしていない。

アドレナリンがひと晩じゅうあふれ出てきて、眠ることなど不可能だ。チャンスは一度きりで、やり直しは利かない。

計画は単純だ。最良の計画というのはみな単純なものだ。そうでしょ？

ボートに乗りこみ、鯨を見つけ、殺す。

ボートに乗りこみ、鮫を見つけ、殺す。

あの男か女のどちらかが、シリアルの器とオレンジジュースのグラスを載せたお盆を持って階段をおりてくる。それから腰をかがめてお盆を置く。そしてシリアルとオレンジジュースをお盆からおろす。

そのときカイリーがレンチでその男か女を殴りつける。

頭のてっぺんを力いっぱい。両手で振りおろせば、むこうは気を失う。

床に倒れてノックアウトだ。運がよければ、手錠の鍵を持っているだろう。カイリーはそれで手錠をはずし、階段を駆けあがり、最寄りの道路まで走っていく。もし手錠の鍵がなかったら、こんどは銃の出番だ。銃が重要な役割を果たす。あのふたりはこれまで地下室へおりてくるときには、かならず銃を身につけていた。

鍵がなかったら、カイリーは相手が眼を覚ますまで待ち、その頭に銃を突きつけてもうひとりを呼ばせ、手錠の鍵を渡せと言う。さもなければ撃つと。

むこうがそれを本気にしなければ、つかまえているほうの相手の膝を撃ちぬく。ピート伯父さんと何度か森へ銃を撃ちにいったことがあるから、リボルバーの撃ち方は知っている。安全装置をはずし、薬室をチェックし、引金を引く。もうひとりが鍵を渡してよこすはずだ。どちらかがためらったら、カイリーは取り引きを持ちかける。ママのところへ無事に帰ったあと、自分はどこに監禁されていたのか思い出せないと言い張るのだ。まる一日そうやって時間を稼ぐ。そうすればその二十四時間のあいだに、むこうは国外へ高飛びできる。

カイリーはその計画に満足する。論理的かつ合理的で、失敗する理由が見あたらない。いちばん難しいのは最初の一歩だが、それは一瞬で終わる。**あんたならできる、カイリー、**

絶対にできる。自分にそう言い聞かせる。だが、怖くて寝袋の中でびくびくしている。

いや、〝びくびくしている〟というのは正確ではない。〝震えあがっている〟と言ったほうが現実に近いかもしれない。でも、とカイリーは考える。勇気はわが家の家系に脈々と流れている。たとえばママは、あの薬物療法を最後までやり遂げた。おばあちゃんはニューヨーク大学と闘って、おじいちゃんが学生のひとりと駆け落ちしたあとも長年、教員住宅に住みつづけた。そしてひいおばあちゃんのイリーナは、まだ少女だった頃に、家族を脅したりすかしたりしてロバの引く荷車に乗せると、退却する赤軍とともに決然と東へ向かい、列車に乗ってタシケントという丸屋根だらけの見知らぬ都市まで逃げた。そこで四年間、極貧の惨めな暮らしを送ったあと、一九四五年の秋にようやくベラルーシのユダヤ人村へ戻ってみると、そこに残った人たちはもちろんひとり残らずドイツ軍に殺されていた。だから、ひいおばあちゃんの勇気がなかったら、あたしは生まれていなかったはずなのだ。

いまの自分に必要なのはそれだ。その勇気と決意だ。それは幼いイリーナから、おばあちゃんを経てママへと伝わった。三人とも女だ。カイリーはもう一度そのレンチをしげしげと見る。長さは二十センチ。ずっしりと重たい。誰かがボイラーを直したあと、忘れていったにちがいない。家の持ち主ではなく、たぶん業者の人だろう。あの夫婦はボイラーを修理するタイプには見えない。鎖を切るのには使えそうにないけれど、人の頭をたたき割るのには充分な大きさではないか。
まもなくわかる。

30

土曜日、午前六時十一分

子供の行方不明事件が報じられていないかと、レイチェルは児童誘拐緊急速報（アンバー・アラート）と警察発表とニュース速報をチェックしながら、ミラーリングしているダンリーヴィ家のＰＣを監視しつづける。

深夜。詩人ロバート・ローウェルの言う〝スカンクの時間〟。夜が更け、疲労が押しよせる。

眠っちゃだめ、眠っちゃだめ、眠っちゃだめ……

ほんのちょっとだけ眼を閉じる。

空白。

日射し。

鳥のさえずり。

しまった。

今日は何曜日？

まるで数時間が数年で、数日が数十年のようだ。この悪夢にとらえられてから、いったい何千年たつのだろう。

ふたたび朝。胃のあたりに感じるあの感覚、あの恐怖のうごめき。はらわたをかきまわす戦慄。人はわが子が危険にさらされて初めて真の恐怖を知る。死ぬことなど、わが身に起こる最悪のできごとではない。わが身に起こる最悪のできごととは、わが子にまちがいが起こることだ。子供を持つと人はたちまち大人になる。不条理とは、この世界に意味があってほしいという願望と、意味を見つけることとの不可能性とのあいだに生じる、存在論的なずれだ。わが子をさらわれた親には味わっていられない贅沢だ。

彼女はリビングのテーブルを前にして座っている。飼い猫のイーライがかたわらでニャオと鳴く。ほぼまる二日、餌をあたえていない。

餌のボウルを満たし、冷たくなったマグのコーヒーを飲むと、デッキに出る。それからコートを着、潮だまり沿いの小径を歩いてアペンゼラー邸へ向かう。

朝日が大西洋と島の東側の大きな家々の上に昇ってくる。アイフォンが鳴る。〝発信者不明〟。胃がきゅっと縮む。こんどは何？

「もしもし？」

「きみの手が必要だ！　すぐに来てくれ！」ピートがわめく。

「二分で着く」

「走れ！　手伝いが要る」

彼女は潮だまり沿いに走ってノーザン・ブルヴァードに出る。心臓をどきどきさせながら砂浜へ出る小径を走りぬけ、アペンゼラー邸の裏口へ。

心配なことにドアがあいている。

中へはいる。

キッチンのテーブルにピートの四五口径と、ドラッグのようなものがはいったビニール袋が載っている。何これ？　ピートは常用者なの？　さまざまな考えが脳裡をかすめる。

ピートを信頼していいの？　ていうか、ピートもこれに一枚噛んでる？

自分はピートを知っていると思っているけれど、人をほんとに知るなんてことができるだろうか？　ピートはカイリーと大の仲良しだけど、ちょっと前に何度か逮捕されているし、除隊してからいままでずっと何をしてきたの？

レイチェルは首を振る。まさか。ピートなんだから。被害妄想みたいなこと言わないで。

でも、ドラッグは？　これはまずい。気をつけないと――

〈チェーン〉はタミーとは関係ないし、ピートとも関係ない。

「レイチェル！　階下(した)へ来てくれ！　マスクをかぶって」

スキーマスクをかぶり、地下室の階段を駆けおりる。

ピートはタオルにくるまれたアミーリアを抱えている。アミーリアは身をよじりながら震えており、シリアルが床に散乱している。

「どうしたの？」

「〈ライス・クリスピー〉を食べさせたんだ。だいじょうぶだと思って。小さな字で書かれてるところを読まなかった。微量のナッツがはいってると書いてある」

「うそ」

「エピペンが届くのは今日の午前中だ」ピートはすっかりうろたえている。

アミーリアの唇は腫(は)れあがり、顔色は死人のように白い。口の端にはぷつぷつと泡が浮かび、呼吸は浅く、かすれている。

レイチェルは手の甲をアミーリアの額にあてる。

熱がある。

アミーリアのシャツをめくりあげる。

蕁麻疹(じんましん)。

口をあけて中をのぞく。閉塞はなし。舌は腫れていない。いまのところは。

「アミーリア、息が苦しい？」とレイチェルは訊く。「息はできる？　答えて」

アミーリアはうなずく。

「こういうふうになったとき、ママはいつもどうする？」

「お医者さん」

アミーリアは汗でじっとりしており、呼吸がさらに苦しげになってくる。

「病院へ連れていこう」ピートが言う。

レイチェルはピートのほうへ顔を向ける。何を言いだすのこの人は？　病院？　病院へなんか連れていけるはずがない。連れていったら、そこでゲームオーバー。カイリーは殺される。

「だめ」レイチェルは言う。

「アレルギー反応が出てるんだぞ」

「それは見ればわかる」

「医者に診せなきゃ。エピペンはないんだから」

「医者はだめ」とレイチェルは頑として言う。「あたしが抱いてる」

レイチェルが少女を受け取ると、ピートはようやく理解する。「本気か？」

「ええ。もう決断したんだから」

恐ろしい決断だが、それは〈チェーン〉に強いられたものだ。

少女はこのままレイチェルに抱かれて死ぬか、それともどうにかして回復するか、どちらかだ。

「あたしはこの子とここにいるから。あなたはなんとかしてエピペンを手に入れてきて！」

「どうやって？」

「薬局から盗んでくれれば！　知らないわよ。行って！」

ピートは階段を駆けあがる。「きみに銃を置いていくよ」とキッチンから言う。

「わかった。行って！」

裏口がばたんと閉まる音がする。

レイチェルはアミーリアを抱きしめる。

「お医者さん」アミーリアは言う。

「そうね」とレイチェルは答える。

だが、医者は来ないし、病院へも行かない。

この子が死んだら、自分たちはこの屋敷を放棄して一からやりなおすことになる。発見される少女の死体は鎖で柱につながれ、涎と嘔吐物におおわれ、縫いぐるみやゲームに囲まれている。警察はそれを、これまでに眼にしたもっとも悪質な犯罪現場のひとつと考えるだろう。

アミーリアの顔には血の気がない。とろんとした眼をしている。咳をしはじめる。

病院に連れていけば助かる。

ニューベリーポート消防局から救急隊を呼べば助かる。

でも、レイチェルは救急隊にも医者にも病院にも電話するつもりはない。それをしたらカイリーは死ぬことになる。アミーリアとカイリーのどちらかを選ばなければならないのなら、カイリーを選ぶ。

レイチェルは泣きだす。「もっとゆっくり息をして」とアミーリアに言う。「ゆっくりと、力を抜いて、大きく」

アミーリアの脈を探る。弱くなっている。顔が緑色だ。肌がぐっしょりと濡れていて、お風呂から上がったばかりのようだ。

「パパぁ」アミーリアはうめく。

「もうすぐ助けが来るからね、だいじょうぶ」

レイチェルは腕の中で少女を揺する。この子は死にかけている。死にかけているのに、自分にできることは何ひとつない。

ひょっとして抗ヒスタミン薬は効かないだろうか？　上階の薬戸棚にあるかもしれない。

携帯を取り出し、グーグルで〝ピーナッツ・アレルギーと抗ヒスタミン薬〟を検索してみる。いちばん上に出てきた記事には、重篤なアレルギー反応を示している子供に抗ヒスタミン薬を投与してはいけない、抗ヒスタミン薬はアナフィラキシーを改善しないばかりか、悪化させる恐れがある、と書いてある。

「急いで、ピート、急いで」レイチェルは声に出して言う。

アミーリアの体は熱く、ぐったりしていて、唇には泡が溜まっている。

「ママ」と言ってまたうめく。

「だいじょうぶよ、だいじょうぶ」とレイチェルは嘘をつく。

少女をしっかりと抱きしめる。

時間がゆっくりと過ぎていく。アミーリアはよくもならないが、悪くもならない。

家は静まりかえっている。

聞こえるのは鷗（かもめ）の声、波の音、トントントントンという……

え？

レイチェルはマットレスの上で体を起こして耳を澄ます。

ふたたびトントントントン。

何あれ？

「エレイン？」と誰かの声。

誰かが玄関のドアをノックしているのだ。

いま上にいるのだ。

女が。

レイチェルはアミーリアをマットレスにおろすと、静かに地下室の階段を上がって廊下に這い出る。

またしてもトントントントン。それから「エレイン？　いるの？」

廊下の床に身を伏せる。

「エレイン？　誰かいるの？」

あけっぱなしの地下室のドアからアミーリアの声が漂ってくる。「ママぁ……」

「エレイン？　いるの、あなたたち？」

レイチェルは廊下をキッチンへ這っていく。

ドラッグの袋はなくなっているが、ピートの置いていった四五口径がある。

キッチンテーブルからそれをつかみ、ふたたび廊下へ這いもどる。外にいるのは頭の悪い女だ。たとえエレインが家にいたとしても、朝の六時半にドアをノックされたくはないだろう。

「ううう」とアミーリアがうめく。

口から心臓が飛び出しそうになり、レイチェルはずりずりと階段を這いおりる。危うく滑り落ちて首をへし折りそうになりながら、アミーリアに駆けより、唇に人差し指をあてる。

「しいっ」

「エレイン、いるの？　いないの？」玄関の声がしつこく尋ねる。「中で動きまわるのが見えたような気がしたんだけど！」

アミーリアのうめき声が大きくなり、レイチェルはやむなく少女の口を手でふさぐ。鼻ではうまく呼吸ができないので、アミーリアはレイチェルの手を逃れようともがくが、弱りきっていてまったく抵抗できない。

「しいっ」とレイチェルはささやく。「落ちついて。だいじょうぶ、だいじょうぶ」

アミーリアをしっかりと押さえつける。

上の物音が途絶える。

十秒経過。

十五秒。

二十秒。

三十秒。

「誰もいないみたいだね」と外の声が言う。

女がポーチの踏み段をおりていく音がし、まもなく重たい鉄の門扉が閉まる音が聞こえてくる。レイチェルはアミーリアの口から手を離し、アミーリアははあはあと空気を求めてあえぐ。

レイチェルは階段を駆けあがって一階の窓辺へ行く。お節介焼きは年輩の女で、オーバーシューズをはいて紫のレインコートを着ている。「やば」とレイチェルはつぶやく。

へとへとになり、床に座りこんで警官がやってくるのを待つ。

誰も現われないので、地下室のアミーリアのところへ戻る。

アミーリアはいくぶんよくなったように見える。たんなる希望的観測だろうか？

ピートに電話してみるが、応答がない。

二分待ってからもう一度かける。やはり応答なし。

どこにいるの？　何してるのいったい？

あのドラッグ？　ハイになってるの？　ウースターの退役軍人病院にこの一年通っていることは知っていたものの、どこがいけないのかは訊かなかった。ピートはそういうことを他人に話すタイプではないし、レイチェルも無理に聞き出したくはなかったからだ。

どこにいるの？

あたしたちを見捨てて逃げたの？

アミーリアは体を横向きにして咳きこんでいる。

レイチェルは彼女を寝袋に入れて、母親がするように抱いてやる。額をなで、体を揺すってやる。

「だいじょうぶよ、ベイビー」と優しく言う。「だいじょうぶ、二時間もすればきっとよくなるからね」

そうやってアミーリアを抱いたまま話しかけていると、自分が世界一汚らわしいペテン師になったような気がしてくる。五分がのろのろとスローモーションで経過する。自分は平気でこの子を死なせようとしていた。やむをえなければ死なせただろう。これからだってやむをえ――

コンコンコン。

コンコンコン。

コンコンコン。

レイチェルはふたたび地下室の階段を這いあがる。

コンコンコン。

コンコンコン。

コンコンコン。

忍び足で階段をのぼって二階の寝室へ行き、窓の外を見る。

ニューベリーポート市警の警官だ。

あのお節介女はやっぱりお巡りを呼んだのだ。

「ごめんください」警官はそう言いながら、またドアをノックする。

レイチェルは息を殺す。アミーリアに大声で叫ばれてしまったら、確実にあの警官に聞こえる。

「どなたかいますか？」警官は言う。

それから郵便受けのスロットをのぞき、窓を見ていく。レイチェルはカーテンの陰へさっと顔を引っこめる。警官は怪しいと思ったらドアを蹴破るだろう。そしたらどうする？あの警官を撃っても問題は解決しない。別の警官たちが調べにくる。そしてさらに大勢の警官が。誘拐は失敗して、カイリーは殺される。でも、あの警官にアミーリアを発見されたら、レイチェルは逮捕されてカイリーはやはり殺されてしまう。

警官は数歩後ろへ下がって、家の横手をのぞく。板でふさいだばかりの窓に気づかれたら――

レイチェルは階段を駆けおりる。

地下室ではアミーリアが喉をゼイゼイいわせている。すさまじい音をさせて窒息しかけている。

このままだと本当に心停止にいたるかもしれない。レイチェルはキッチンを駆けぬけながら、四五口径をジーンズの後ろのポケットに押しこむ。あの警官を止めなくては。ゲームが終了してしまったらカイリーは死ぬ。単純な話だ。

裏手のポーチを駆けおり、砂の小径を通って屋敷の表へまわる。

「すみません！」と、通りから声をかける。

警官はふり返る。レイチェルはその顔に見憶えがある。イプスウィッチのアイスクリーム店で二度ほど見かけたことがあるし、マーティが農産物直売所の前で車を消火栓の近くに駐めすぎたときに切符を切られたこともある。二十代なかば。名前はケニーなんとか。

「どうも」と警官は言う。

「あたしが電話したせいで来てくれちゃったの？」

「奥さんが通報したんですか？」

「あたしエレイン・アペンゼラーから、彼女がフロリダに行っているあいだ屋敷に眼を光らせていてちょうだいと頼まれててね。子供たちが家のまわりで遊んでいるのを見たもんだから、出ていかないと警察を呼ぶよと言ったの。なのにあの子たちったら……」

「出ていかなかった？」

「そう。でも、出ていったみたいね、あなたが来てくれたから。ごめんなさい。あたし、まちがったことした？　だってあれは不法侵入だもの。法律違反でしょ？」

「その子たちの外見は？」

「ああ、いえ、そんなに大騒ぎすることじゃないの。ほんとにごめんなさい。警察を呼ぶよと言ったのはほんの脅しだったんだけど、あの年頃の子たちときたら、こっちをじっと見てるから、あたし、〝ほんとにかけるからね〟って言って、番号を押してみせちゃったわけ」

ケニーは微笑む。「奥さんのしたのは正しいことですよ。十歳の子に対して悪質な不法侵入罪を立証できるかどうかはわかりませんけど、いまのうちにやめさせないと、次は家宅侵入をやりだしますからね。こういう大きな古い別荘は、シーズンオフのあいだにびっくりするほどの数が荒らされるんですよ」

「ほんと？」

「ほんとですよ。もちろんほとんどは本物の泥棒じゃなくて、子供なんですが、かなりの数が面白半分の麻薬使用や不純な目的によるものです」

「不純な目的？」

ケニーの頬が赤らむ。「セックスです」

「あらま」

ふたりは顔を見つめ合う。

「じゃ、玄関と裏口のドアが施錠されているのを確認したら、ぼくは行きます」ケニーは言う。

そんなことをさせるわけにはいかない。裏口を調べられたら万事休すだ。

地下室のアミーリアはまだ生きているだろうか。レイチェルはそう考え、よくもまあそんなことを無造作に平然と考えられるものだと、自分でも驚く。昨日の自分なら胸が張り裂けていただろう。昨日のレイチェルはもう死んでしまったのだ。

ほつれたセーターの赤い糸を引っぱり、尻ポケットの四五口径に触れる。ケニーの銃はホルスターに収まっている。銃を突きつけて家の中へ連れこみ、射殺することもできる。

それからアミーリアを連れ出して、別の安全な家に移るのだ。

「もしかして、イプスウィッチのアイスクリーム屋さんで何度か出会ったことがある？」

レイチェルは訊く。

「ええ、ありますよ」ケニーは答える。

「あたしはバター・クランチ派なんだけど。あなたは何味が好き？」

「ラズベリーです」

「それは一度も試したことないな」

「うまいですよ」

「あたしが一度も食べたことないけど試してみたいやつ、なんだと思う？　あの〝全載せ〟。全部がちょっとずつ載ってるやつ」

「ああ、知ってます。やばそうですよね」

「もしなんにもすることがなくて、暇だったら……」レイチェルはそう言ってにっこりと微笑む。

　ケニーは少々呑みこみが悪い。そこそこ魅力的な年上の女に迫られることなど、そう毎日あることではないのだろう。それでも最後には、自分が言い寄られていることに気づきはじめる。それどころか、庭に子供たちがはいりこんでいたという話は、レイチェルがこのささやかな出会いをお膳立てするためにでっちあげた作り話だと考えているはずだ。

「電話番号を教えてもらえれば――」

「いいわよ」とレイチェルは言う。「今週はだめだけど、来週なら、あなたがあんまり忙しくなければ……それか、飲みにいくとかでもかまわないし。だってほら、アイスクリームには寒すぎるかもしれないから」そう付け加えて、とっておきの笑みを浮かべてみせる。

ケニーも微笑みかえす。

「紙とペンを持ってる?」とレイチェルはケニーが持っていないのを知りながら訊く。

「車にあるの?」

ケニーをパトロールカーのほうへ歩かせながら、二度ばかり偶然を装って腕に触る。電話番号を教え、来てくれたお礼を言う。「鍵はあたしが確認しておく。どのみち魚に餌をやることになってるから」

「一緒に行ってもいいですよ」とケニーは申し出る。

レイチェルは首を振る。「平気平気。あたしはライオンの心臓を持ってるから……だからボストン動物園には一生出入り禁止なの」

ケニーはそのジョークを初めて聞いたらしく、笑ってくれた。パトロールカーに乗り込むと、もう一度にっこり微笑んで手を振りながら走り去った。

パトロールカーが見えなくなると、レイチェルは裏口へ走り、キッチンを駆けぬけ、スキーマスクをかぶりながら階段を駆けおりる。「がんばって、アミーリア! がんばって！」

アミーリアは蕁麻疹と汗におおわれてはいるが、信じがたいことにまだ生きている。かろうじて。

「ああ、いい子だからがんばって、がんばって」

アミーリアは涎を垂らしており、呼吸がどんどん浅くなってくる。

レイチェルは彼女を寝袋から引っぱり出す。

体が燃えるように熱い。まぶたがぴくぴくする。

呼吸がさらにゆっくりになり、ゆっくりになり、ゆっくりになって、ついに止まる。

「アミーリア？」

息をしていない。まずい！　心肺蘇生術！　どうやれば——

やり方を思い出して、マウストゥマウスの人工呼吸を始める。

大きく息を吸いこんでから、アミーリアの体内へふたたび命を吹きこむ。一度、二度。

姿勢を変え、アミーリアの胸を強く三十回すばやく押す。

アミーリアはふたたび呼吸しはじめるが、助けが要る。いますぐ。レイチェルは携帯に911と入力するが、発信ボタンは押さない。

電話一本かければ、救急隊が来てアミーリアの命を救ってくれる。

アミーリアの命を救ってくれ、レイチェル自身の娘に死刑宣告をくだしてしまう。

ガラス面が割れるのではないかと思うほど強くレイチェルは携帯を握りしめる。

アミーリアの顔。

カイリーの顔。

だめ。それはできない。コンクリートの床の上で嗚咽を漏らしつつ、レイチェルは携帯を置く。

31

土曜日、午前七時二十七分

地下室の階段のてっぺんのドアがあく。

「今日の朝食は時間どおりだよ」男はそう言いながら、オレンジジュースの水差しと、トーストと、シリアルのボウルを持っておりてくる。カイリーは眼で銃を探す。あった。ズボンの前に突っこんである。ピート伯父さんが絶対にやってはいけないと言っていたことだ。

「起きてるかな?」男は尋ねる。

「ええ」とカイリーは言い、寝袋にはいったまま起きあがる。

「それはよかった。マーマレードは好き? ぼくは大好きなんだ。数年前ロンドンに行ったときに初めて食べたんだけどね。朝食のトーストにつけて」

「ええ、好きよ。ママがときどき買ってくる」

「三角に切ったトースト、メイン州のバター——もちろん牧草で育てた牛のだ——それに〈ココ・ポップス〉とオレンジジュース。これでしばらくは保つはずだ」

男はお盆を床に置く。

カイリーはわざと『白鯨』を、後ろから五分の二のあたりをひらいたまま、床に伏せて置いてある。男はきっと感心して手に取るはずだ。

「おやおや、ずいぶん読んだね。半分以上——」

腰をかがめた男の頭をレンチで殴りつける。相手がスキーマスクをかぶっているおかげで、やりやすい。人間を殴っているわけではないと思えるからだ。男はうめき声を漏らし、カイリーはもう一度殴りつける。

男は前のめりになり、滑稽なドスッという音とともにマットレスの端に倒れこむ。

頭のどこを殴ったのかはわからないが、うまくいったようだ。気絶している。

ここからは時間との競争だ。

まずは男をひっくりかえさなければならない。そうしたらポケットから手錠の鍵を見つけ出して、手錠をはずし、階段を駆けあがる。

庭に出たら、犬とかあの女とか、何かがいるかもしれない。銃を持っていこう。必要なら撃とう。誰もいなければ、まっすぐに柵まで全力で走る。ここはたぶんニューハンプシャーのどこかだろうから、沼地や湿地が多いはずだけど、東へひたすら歩いていけば、州間高速九十五号線か、国道一号線か、でなければ海にぶつかるはずだ。止まれと言われても走りつづけよう。

男は重たいが、汗ばんだ胸と玉葱みたいなにおいのする腋を押して、どうにか仰向けにする。

ズボンの前に差した銃を奪ってから、手錠の鍵を探して体じゅうのポケットを探る。財布もない、身分証もない、何もない。とりわけ鍵は。

念のためにもう一度探す。男のはいている古くさい茶色のズボンには深いポケットがついているが、どちらも空っぽだ。ズボンのお尻にはポケットがないものの、シャツには胸ポケットがついている。手錠の鍵を隠すにはうってつけの場所だ。

ここだ！　と思うが、胸ポケットにも鍵はない。**うそ。**

プランBでいこう。カイリーは銃を調べる。シリンダーには弾が六発はいっている。**よし、あとはこの人が眼を覚ましてくれればいい。**

一分経過。

二分。

まずい、殺しちゃった？　レンチで殴っただけなのに。映画じゃそんなことで人は死なない。殺すつもりは――

男が身じろぎしはじめる。

「ああ、いてて」と言いながら弱々しく微笑む。「脳天直撃だ。やられたよ」

男はうめき、しばらくすると起きあがってカイリーを見る。カイリーは銃を手にしている。装塡した銃を。

「何で殴ったんだ?」と男は訊き、スキーマスクの下に手を差しこんで、うめきながら眼をこする。

「床にレンチが落ちてたの」カイリーは言う。

「どんなレンチ?」

カイリーは左手に持ったレンチを持ちあげてみせる。

「あれ。どうしてそんなものを見逃したんだろうな」

「ボイラーの下にあった」

「そんなばかな。部屋じゅうチェックしたのに」

「特定の時間に特定の場所にいないとだめなの。ハワード・カーターがツタンカーメン王の墓を発見したときに言ったこととおんなじ。ただ見るだけではなく、眼を凝らさなくてはいけない」

男はうなずく。「いい言葉だな。きみは賢いよ、カイリー。いいだろう。で、きみの計画だと、このあとはどうなるんだ?」

「おじさんのポケットはもう探ったから、手錠の鍵を持ってないのはわかった。でも、おばさんは持ってるはず。大声でおばさんを呼んで、手錠の鍵を持ってこさせて」

「無理だと言ったら?」

「おじさんを撃つ」

「そんなことを自分がほんとにできると思ってるのか?」

「ええ。できると思ってる。ピート伯父さんに何度か標的撃ちに連れてってもらったことがあるから。撃ち方は知ってる」

「だけど、それは別のことじゃないか? 紙の標的を撃つのと、人間を撃つのは」

「まず脚を撃って、あたしが本気だってことを教えてあげる」

「で、そのあとは?」

「おばさんに鍵を渡してもらって出ていく」

「おばさんはなぜきみを出ていかせるんだ?」

「そうしないと、あたしがおじさんを殺すから。でもあたし、おじさんたちが本気でこんなことをやりたかったわけじゃないのはわかってるから、約束してあげる。ここから出ていったら、ママにはなんにも憶えてないって言ってあげる。二十四時間待ってから、警察にここの場所を教える。そのあいだにおじさんたちは、どこへでも好きなところへ逃げられる。どこかあの、ほら、なんとか条約のない国へ」

「犯罪人引き渡し条約?」

「そう」

男は悲しげに首を振る。「ごめんよ、カイリー。きみはよくがんばったが、見込みちがいをしている。ヘザーはぼくのことなんか心配しやしない。黙ってぼくを撃たせるだろう。きみの好きなだけ弾を撃ちこませるだろう」

「心配するに決まってるじゃん！　おばさんを呼んで。鍵を持ってこさせて！」

「いや」男は溜息をつく。「ぼくのことなんかもう何年も前から気にかけちゃいない。気にかけていたことがあったとしてだけどね。ジャレドは彼女の最初の結婚でできた子供だ。ぼくは言わば間に合わせなんだと思う。間に合わせの相手さ。ぼくは彼女を愛しているが、彼女は一度も本当にぼくを愛してくれたことはない」

男がうっかり漏らしたふたつの名前をカイリーは記憶にとどめる。ヘザーとジャレド。その情報はあとで役に立つかもしれないが、いまはとにかくここから出ていかなければならない。

「そんなことはどうでもいいの。あたしはここから出ていくから！　こけおどしじゃないよ」

「こけおどしだなんて思っちゃいない。きみは固く決心しているように見える。きっと引金を引くだろう」

「ええ」

「なら、引いてみなさい」

カイリーは立ちあがり、男の膝頭にリボルバーを向けると、ピート伯父さんに教わったとおりに引金を絞る。

撃鉄が雷管をたたく。カチッという音がして——静寂。もう一度引金を引く。シリンダーが回転し、撃鉄が起きあがり、次の雷管をたたく。ふたたびカチッという音と、静寂。カイリーはさらに四回引金を引き、銃にこめられている六発の弾をすべて試す。

「わけがわかんない」

男は手を伸ばしてカイリーから銃を取りあげる。シリンダーをあけ、自分がそこにこめておいた六本のぴかぴか光る真鍮の空薬莢を見せる。

32

土曜日、午前七時三十五分

上階のキッチンで物音がする。

あの警官が戻ってきたのだろうか？

レイチェルは銃を拾いあげ、地下室の階段のてっぺんに向ける。「誰？」

狙いをつけ、息を止める。

ピートが階段を駆けおりてくる。

「エピペンを持ってきた。ドロップボックスに届いてた！」彼は言う。

「ああ、よかった！」

レイチェルは後ろへ下がって場所を空け、ピートはアミーリアの脚にエピペンを注射する。ほとんど即座に効き目が表われる。まるで奇跡だ。アミーリアは大きく二度あえぎ、咳をしはじめる。

咳をしては空気を吸い、また咳をする。

ピートが水をあたえるとそれを飲んで、はあはあと荒い息をする。

ピートは彼女の手首を探る。「脈が正常に戻ってきた。呼吸も落ちついてきてる」

レイチェルはうなずくと、キッチンへ上がり、アペンゼラー夫妻のリカー・キャビネットを見つけ、大きなグラスにスコッチをつぐ。

それを飲み、ふたたびグラスを満たす。

四十五分後、ピートが上がってくる。

「どんな具合?」レイチェルは訊く。

「だいぶよくなってる。熱もずいぶん下がった」

「もうだめかと思った。呼吸が止まっちゃって」

「おれのせいだ。シリアルの原材料をチェックしなかった」

「あたし、あの子を死なせるつもりだったの、ピート」

ピートは首を振るが、彼女ならきっとそうしただろうし、自分だってそうしたはずだと気づく。

「あたしもあいつらと同じになっちゃった」レイチェルはつぶやく。

ふたりはほんの一瞬、たがいを見つめ合う。その眼は同じ心の内を物語っている——恥辱、疲労、おびえ。

「あなたが出かけたあと、女の人がエレイン・アペンゼラーを訪ねてきたの。諦めて帰っていったけど、警察に電話したみたい」レイチェルは言う。

「警察がここへ来たの？」

「うん」

「このままだと危険？」

「だいじょうぶだと思う。その警官を誘惑してやったから。彼はたぶんあたしのことを、彼とデートしたいがために警察に迷惑電話をかけてくる、男好きのおばさんだと思ってるはず」

「きみはまだおばさんじゃないさ」ピートはそう言ってにやりと笑い、雰囲気を明るくしようとする。

あたしはもう死にかけてるの、ピート。これ以上おばさんにはなれないはず。

「で、アミーリアはだいじょうぶ？」レイチェルは訊く。

「ああ、快方に向かってる」

「下へ行って様子を見てくる」

アミーリアの呼吸と顔色がすっかり正常に戻ったのは、それから三十分後だ。ほんの微量のナッツでこんなふうになってしまうのなら、まるごと摂取していたら確実に死んでいただろう。

「どうしていつもそんなマスクをかぶってるの？」アミーリアが訊く。

「それはあなたをママのところへ帰したときに、おばさんたちがどんな顔をしてたか、あなたがママに教えられないようにするためよ」レイチェルは言う。

「ママはおばさんの顔を知らないの？」

「ええ」

「フェイスブックでママのお友達になるといいよ。そうすればママに顔を知ってもらえるから」アミーリアはきっぱりと言う。

「そうね、やってみようかな。ジュースを飲む？」

「それ、りんごジュース？」

「そうよ」とジュースのパックを渡しながら言う。

「りんごジュースは大っ嫌い。あたしがりんごジュースを大っ嫌いなことはみんな知ってるよ」アミーリアはそう文句を言ってりんごジュースを投げ捨て、遊んでいたレゴの馬も投げつける。馬は五、六個のピースに砕ける。「こんなとこ大っ嫌い、おばさんも大っ嫌い！」とわめく。

「大声を出さないでちょうだい、アミーリア」とレイチェルは言う。防音はそれなりにしてあるが、それでも……

「どうして？」

「大声を出すと、あなたのお口をテープでふさいで、静かにさせなくちゃならなくなるから」

アミーリアは愕然とした眼でレイチェルを見る。「そしたらどうやって息をするの？」

「お鼻で息をするの」

「ほんとにそんなことする？」

「ええ」

「いじわる」

レイチェルはうなずく。そのとおり。あたしは意地悪だ。とんでもなく意地悪だから、平然とこの子をこんなところで死なせようとしたのだ。

レイチェルはバッグから使い捨て携帯を一台取り出す。「ママとお話ししたい？」

「うん！」とアミーリアは言う。

レイチェルはヘレン・ダンリーヴィに電話をかける。

「もしもし」とヘレンが言う。疲れきってぴりぴりした、不安げな口調だ。

「アミーリアと話したい？」

「ええ、お願い」

電話をスピーカーに切り替えてから少女に渡す。

「アミーリア、聞こえる？」ヘレンは言う。

「ママ、いつおうちに帰れるの？」

「もうすぐよ、もうすぐ」

「ここ嫌い。暗くて怖いもん。パパはいつ来てくれるの？　あたし、具合が悪いし、もう飽きちゃった」

「もうすぐよ。もうすぐ行くからね」

「学校をいっぱい休まなくちゃいけない？」

「そうね。どうかしらね」

「手につながってるこの鎖、もういや！」

「そうよね」

「ママにさよならを言いなさい」レイチェルはそう言って携帯に手を伸ばす。

「じゃあね、ママ」とアミーリアは言う。

「じゃあね、ハニー！　愛してるわよ！」

レイチェルは携帯を取りあげ、階段をのぼっていく。「というわけで、アミーリアは元気にしてる。いまのところは、だけど。前半と後半をどんどん進めてちょうだい」

地下室を出てドアを閉め、キッチンへはいっていく。

「お金はたぶん今夜送金できると思う」ヘレンは言う。

「いますぐやって！　やったらすぐに標的探しに取りかかって。必要ならあたしたち、アミーリアを殺すから。あんたはあたしが娘を取りもどすのを邪魔してるんだよ」レイチェルはそう言うと、携帯電話をまっぷたつにへし折る。裏のカバーをはずしてSIMカードを抜くと、それを何度も踏みつけてふたつに割り、残骸をピートがキッチンに置いているゴミ袋に入れる。

怒りと焦りで身を震わせながら、その場に立ちつくす。

窓の鎧戸から射しこむ光線の中に、埃が水平の縞模様を作りながら浮遊する。百メートル先の砂浜からは波の砕ける音が聞こえ、地下室からは少女が鼻歌をうたうのが聞こえてくる。

息を大きく吸って吐き、また吸って吐く。人生とは、意味も目的もなく降りつもる〝いま〟の連続だ。あまたいる哲学者のなかで、ショーペンハウアーだけがそれを正しく理解していた。

「あたし帰る」ピートにそう言い、人影がないのを確かめると、裏口からさっと外に出て砂丘を歩いていく。泣きたい気分だが、もう泣き尽くしてしまった。心が石になってしまった。ジブラルタルの岩山に。またあの考えがよみがえる――昨日のレイチェルは死んだ。いまのあたしはマクベス夫人のように、とうの昔に涙が涸れ果て、別人になってしまった。

33

土曜日、午前七時四十一分

男は立ちなおるのに数分かかる。

カイリーは信じられない思いで男を見つめている。

プランAはつぶれ、プランBもつぶれた。

プランCはない。

「わけがわかんない――どうして弾をこめておかなかったの？」ようやくそう尋ねる。

「ぼくが弾のはいった銃を子供に向けるような男だと思うのか？　このぼくが？　職業人生のすべてを子供の……うう、頭が。しかも、きみをさらったときにあんな……できごとがあったというのに。おおいて。まだずきずきする。二度殴ったのか？　なかなかのもんだったよ。さあ、もうおとなしくそのレンチを寄こしなさい」

カイリーはレンチを渡し、男はそれを朝食のお盆に載せる。

「正直言って、カイリー、きみは大したもんだよ。知恵が働くし、意志が強くて勇敢だし。こんな状況じゃなかったら、ぼくはきみにがんばれと声援を送っただろう」

「ならあたしを解放して――」

「だけど、ぼくをちょろいやつだとか、本気じゃないとか思わないでほしいんだ。ぼくは恐ろしいほど本気だよ。目標まであとほんの少しだし。ここまでいろんなことを乗りこえてきたし。だから気の毒だけど、二度とこんなまねをしないように、きみに罰をあたえなきゃならない」

「もうしない。できない」

「いまさら誓っても、ちょっと遅いな」

男は身を乗り出してカイリーを思いきりひっぱたく。鎖がガシャッと張り、カイリーは身をよじってコンクリートの床に倒れる。

頭がキーンと鳴る。

眼の前に白い点々が散る。

闇。

時間が飛ぶ。

ふたたび白い点々。

痛み。

鼻と口から血が流れ出る。

ここはどこ？

黴くさい。

屋根裏？

地下室？

それとも——

ああ、そうか。

どのくらい気を失っていたんだろう？　一分？　二分？　一日？

眼をあけると、男はいなくなっている。レンチと銃は持っていったらしい。朝食のお盆はそのまま置いてある。

顔がひりひりし、頭がふらふらする。

カイリーは床に起きあがる。立ちあがろうとしたら、また倒れてしまうはずだ。

眼もまだ焦点がよく合わない。地下室のむかいの壁がぼやけて、横長に色をなすりつけたように見える。

寝袋に鼻血が垂れる。

ぽた。ぽた。ぽた。

てかてかしたナイロンの表面に溜まる深紅の血が、南アメリカのような形になる。

シリアルの器のミルクに指先を浸してみる。まだ冷たい。ということは、意識を失っていたのはほんの数分だ。

カイリーは泣きだす。孤独と不安が押しよせてくる。全世界から見捨てられたまま、なんの妙案も、希望も、計画もない。

34

土曜日、午後四時

レイチェルはニューハンプシャーのショッピングモールへ車を走らせ、救急箱のほか、人形とDVD、お姫様テント、ゲームを買ってくる。純然たる後ろめたさ、罪を犯したあとの後ろめたさから。アミーリアはどんどん元気になっている。ピートと双六(すごろく)ゲームの〈蛇と梯子(はしご)〉で遊び、ハムサンドイッチを食べた。

三人でドーム型のテントを組み立て、ポータブルDVDプレイヤーに《アナと雪の女王》のディスクを入れる。映画を観るアミーリアを一時間ほど見守っていると、レイチェルの携帯でウィッカー・アプリが着信を知らせる。それを読みに上階へ上がる。

2348383hudykdy2からのメッセージ。

〝ダンリーヴィの身代金が支払われた〟という簡潔な文面。

使い捨て携帯のひとつを手に取り、ダンリーヴィ家に電話をかける。

「もしもし？」とヘレンが言う。

「身代金が届いた。次にやるべきことはわかってるよね」

「そんなことできるわけないじゃない。どうかしてる。無理よ」ヘレンは言う。

がさがさと揉み合う音がして、誰かが「よせ」と言う。

マイク・ダンリーヴィが電話に出る。「おい、よく聞けよ――」としゃべりはじめるが、レイチェルはすぐさまそれをさえぎる。

「いますぐ奥さんに電話を返さないと、娘の命はないよ」

「あんたいったい誰――」

「いいから奥さんに電話を返せってんだ、くそったれが！　こっちはアミーリアの頭に銃を突きつけてるんだよ！」レイチェルは怒鳴る。

一秒後、ヘレンが電話口に戻ってくる。「ごめんなさい――」

「あとで後悔しても知らないよ、このばか女。言われたとおりにしないと、二度とアミーリアに会えなくなるんだから。標的のリストができたら、それをウィッカーで連絡相手に送って、最終承認をもらって」レイチェルはそうわめきたてると、電話を切る。

ＳＩＭカードを抜き、それを携帯と一緒に床でばらばらになるまで踏みつける。

数分後、ダンリーヴィ家のコンピューターをピートのラップトップから盗み見ると、案の定ふたりはフェイスブックのフィードとインスタグラムのアカウントを漁っている。そう、それがいまどきのやり方だ。

　ピートが上がってくる。「ニュース？」

「あの人たち、身代金を支払った」

「金はあったわけだ。問題は後半だな……」

「うん。あの子のほうは？」

「だいじょうぶ。まだディズニー映画を観てる。あとで一緒に〈オペレーション〉で遊ぶ約束をしてある（手術の真似事をするゲーム）」

　レイチェルは上の空でうなずく。

「なあ、レイチ、きみは帰っていいよ、ここはおれが引きうける」ピートは言う。

「だめ、アミーリアと一緒にここに泊まる」レイチェルは言い張る。

「あの子はおれに泊まってくれと言ってるんだ。きみじゃなくて」ピートは優しく言う。

「どうして？」

「きみを怖がってる」

「そう」

「おれが泊まったほうがいい。おれは苛酷な生活に慣れてる。床の上に寝袋なんて、へっちゃらだよ」

　レイチェルはうなずく。「なら、そういうものかもね」

「そういうものさ」

ふたりは無言で見つめ合う。レイチェルはピートをじっくりと観察する。どこかおかしいのはたしかだが、どこなのかはっきりしない。あの袋にはいっていたドラッグみたいなものと関係があるのだろうか。

「あなた、だいじょうぶよね、ピート？」レイチェルは言う。

「だいじょうぶさ」

「あたし、ほんとに頼りにしてるんだから」

「だいじょうぶ。嘘じゃない」

ピートはレイチェルにばれていることに気づく。そろそろまた〝調理〟をしなければならない。どうしても必要だ。体が渇望している。この機会を利用してきっぱりやめられるのではないかと思っていたが、そう簡単ではない。ヘロインの注射が治療(フィックス)と呼ばれるのには、それなりの理由があるのだ。

ついにレイチェルは立ちあがる。「何かあったら電話して」

「わかった」

じゃあね、と陰気に小さく手を振ると、外へ出る。

波が砂丘にうち寄せ、凍えるような冷たい北風が吹きつけてくる。横なぐりの雨が降り、アン岬の沖合の岩礁に電光が突き刺さる。

家に帰ると、冷蔵庫からサム・アダムズを一本取り出す。だが、ビールでは足りない。グラスに半分までウォッカを入れ、トニックをいっぱいにつぎたす。最初に電話をかけてきた正体不明の発信者のことを考える。あの声の主のことを。生者とは死者の一種でしかないというあの言葉を。レイチェルが大学一年生のときに口にしたような言葉だ。いかにも若者が深いと見なすような考え。〈チェーン〉の黒幕は五十代の賢人のふりをしているが、実際はレイチェルと同じか、もっと若いのではないか。

人がこれほど邪悪になるのには長い時間がかかるような気がするが、そんなことはない。だって、自分のことを考えてみれば？　子供を誘拐し、虐待したうえ、母親としても失格。しかも心の内では平気でアミーリアを死なせていた。実際には死なせなかったとはいえ、その意思はあったのだ。道徳哲学でも法律でも人生でも、重要なのはそこだ。

あんたの堕落はめまいがするほど急速だ。檻に閉じこめられたまま地獄へ落下している。だから事態は悪化する一方だ。どんどん悪化する。まずは癌で、次が離婚、それから娘が誘拐され、こんどは自分がモンスターになってしまった。

35

日曜日、午前二時十七分

ダンリーヴィ夫妻はまさにレイチェルが期待したとおりの人たちだった。土曜日の朝はあれほどうろたえ、いやがっていたくせに、午後にはしっかりと準備を整えていた。

ふたりが選び出したのは、イースト・プロヴィデンスに住むヘンリー・ホッグという車椅子の男の子だった。父親は石油会社の次席部長だから、十五万ぐらい支払うのは屁でもない。土曜の夜、ヘンリーの父親はボストンのロータリークラブの夕食会に出席した。継母は九時にヘンリーを自宅から三ブロック離れた友達の家に迎えにいった。そして車椅子の息子をひとりで押しながら、プロヴィデンスの街を自宅へ向かった。

だがダンリーヴィ夫妻の策略により、ヘンリーは家に帰りつかなかった。

カイリーはそんなことを何も知らずにいるが、日付が変わって数時間後、地下室のドアがあいてあの女——ヘザー——に、起きろと命じられる。

レイチェルがそれを初めて知ったのは、日曜の午前二時十七分だ。

自宅のカウチで体を丸め、うとうとと浅い眠りを繰りかえしている。もはやぼろぼろだ。食事をしなくなり、シャワーも浴びなくなってしまった。続けて眠れるのはせいぜい数分だ。

絶えず頭がずきずきする。左胸が痛む。

かたわらには『易経』が置かれ、解——すなわち解放——の卦のページがひらかれている。指を置いたところには、〝野で三頭の狐を狩り、黄色の矢を得る〟という文言が記されている。その黄色の矢は娘が無事だという印なのだろうか？

電話の音ではっと微睡から覚め、救命胴衣でもつかむように携帯をつかむ。

〝発信者不明〟

「もしもし？」とレイチェルは言う。

「レイチェル、とてもいい知らせがあるの」カイリーを監禁している女が言う。

「どんな知らせ？」

「カイリーが一時間以内に解放される。使い捨て携帯をあたえられて、あなたに電話するはず」

涙がこみあげてくる。「ああよかった！　ほんと？」

「ええ。彼女は元気よ。怪我もなんにもしてない。でも、忘れないで。あなたたちはどちらも、まだとても危険な状態にある。〈チェーン〉からＯＫが出るまでは人質を解放しないこと。脱退しようとしたら、かならず殺される。ウィリアムズ一家のことを忘れないで。あなたとカイリーを殺せと命じられたら、わたしは息子を守るためにかならずそうする。そうしなかったら、彼らは〈チェーン〉上でわたしのひとつ前にいる人たちに、わたしもあなたも子供たちも皆殺しにさせるはず。かならずね。本当に邪悪な連中だから」

「わかってる」とレイチェルは答える。

「息子が無事に帰ってきたとき、わたし、つくづくカイリーを解放したくなった。こんなこととはすっかり縁を切りたくなった。でも、それはできなかった。カイリーもあなたも、わたしも息子も、みんな危険にさらされてしまうから」

「あたし、絶対にあなたたちを危険にさらしたりしない。約束する。カイリーはどこにいるの？」

「いまから彼女に目隠しをして、車で四十五分間走りまわってから、休憩所の近くでおろす。携帯を渡すから、彼女はそれで自分の居どころをあなたに伝えるはず」

「ありがとう」

「あなたこそ、ヘマをしないでくれてありがとう、レイチェル。わたしたち、すごく不運だったけれど、これでみんな終わった。お願いだから、あなたも終わらせてね。あなたがいま操ってる人たちにヘマをさせないようにしてね。さよなら、レイチェル」

彼女は電話を切る。

レイチェルはアペンゼラー邸にいるピートに電話して、この知らせを伝える。ピートは狂喜する。「信じられないな。ほんとであってほしいよ」

「あたしも。祈ってる」

「おれもだ」

「アミーリアはどう？」

「眠ってるよ、お姫様テントの中で」

「じゃ、もう切るね」

「状況を知らせてくれよ」

一時間が過ぎる。

一時間十五分。

一時間二十分。

一時間二十五分。

「何かあったんじゃ――」

レイチェルのアイフォンが鳴りだす。〝発信者不明〟

「もしもし？」

「ママ！」とカイリーの声がする。

「カイリー、どこにいるの？」

「わかんない。一分待ってから目隠しをはずせって言われて。はずしてみたら、どこかの道に置き去りにされてた。真っ暗」

「何か見える？」

「先のほうにもっと大きな道路があるみたい」

「そっちへ歩きなさい。ああカイリー、ほんとに解放されたの？」

「うん、された。迎えにきて！」

「どこにいるの？　どこにいるのかわかったら、すぐ迎えにいくから」

「〈ダンキンドーナツ〉の看板が見える気がする。うん、〈ダンキンドーナツ〉がある。ガソリンスタンドの休憩所だ。わかった！」

「そこ、あいてる？」

「うん、あいてるみたい」

「そこへ行って、そこがどこなのか訊きなさい。切らないでよ、道を渡るときは気をつけてね、電話はこのままにしておいて」

「だめ、切らないと。この電話、満杯に充電されてないから、あと四角一個分しかバッテリーが残ってないの。ガソリンスタンドから電話する」

「だめ！　カイリー！　切らないで！　お願い！」

通話が切れる。

「だめ！」

五分間のじりじりするような沈黙のあと、ふたたびアイフォンが鳴る。

「わかったよ、ママ。いまいるのは百一号線の〈ダンキンドーナツ〉で、〈スノコ〉のガソリンスタンドにくっついてる」

「どこの町の？」

「わかんないよ。あたし、もう訊きたくない。こんな夜中にやってきて、自分のいるところもわからないなんて、変に思われるじゃん」

「いいから、訊いてきなさい」

「ねえ、ママ、ググって。ここはニューハンプシャーの百一号線沿いで、高速九十五号線のすぐそば」

レイチェルはグーグルで調べる。「エクセターのそばの〈スノコ〉？」

「うん。標識にエクセターって書いてある」

「二十分で行くから。それまで待っていられる？」

「うん」

「食べるものを買うお金がなければ、お水を取ってきなさい」

「だいじょうぶ、あの人たちにお金をもらったから。ドーナツとコークを買う。あたし、携帯を返してって頼んだんだけど、持ってないって言われちゃった」

「あんたの携帯はこっちで見つかった」レイチェルは外へ出て車へ走りながら言う。

「持ってきてくれる？」

「あとでね。もう車に乗っちゃったから」

「スチュアートには病気だって言った？」カイリーは訊く。

「スチュアートには病気だって言ってあるし、あんたの父さんにはニューヨークへ行ったってことにしてある。ああもう、カイリー、ほんとにあんたなの？　ほんとに帰ってきたの？」

「ほんとにあたしだよ、ママ。おなかへったから、ドーナツをひとつ買ってくる。ふたつ買うかも。だからいったん切るね」

「切っちゃだめ！　すぐにそっちへ行くから」レイチェルは言うが、カイリーはまたしても電話を切ってしまう。

わずか数分で九十五号線に乗ると、そのボルボにとってはほぼ最高速度の時速百三十キロですっ飛ばす。

グーグル・マップに従って百一号線におりると、すぐ眼の前に〈スノコ〉のガソリンスタンドがある。

カイリーは〈ダンキンドーナツ〉の窓ぎわの席にぽつんと座っている。茶色の髪、そばかすの目立つ顔、銀色の小さなヘアバンド。本当にあの子だ！

きつい照明を浴びた姿はひどく小さく華奢(きゃしゃ)に見える。

「カイリー！」とレイチェルは叫ぶ。ボルボを駐車スペースに滑りこませ、ドアをあけ、店内に駆けこむ。

ふたりは抱き合って涙を流す。

カイリーは泣いている。レイチェルも泣いている。

これは現実だ。

本当に現実だ。

娘が帰ってきたんだ。『易経』には、すべてが終わったら黄色い矢を得るとある。

黄色の矢はどこにもないけれど、カイリーは本当に戻ってきた。

神様、感謝します。感謝します。感謝します。

「ああママ、もう二度と会えないかと思った」カイリーが言う。

レイチェルはまだ信じられない。この世界には収まりきれないのではないかと思うほどの、大きな安堵と喜びを感じている。「ママは絶対に会えると思ってた！　絶対に取りもどせるって」そう答えて娘をさらに抱きしめる。さらにさらに。娘はいつもの娘のにおいがする。震えていて冷たい。きっと空腹で、ひどくおびえているのだろう。

涙がこぼれる。

安堵と幸福、二本の川。

へんてこで、いびつで、いささか不健康な喜び。

「おなか空いてる？」レイチェルは訊く。

「ううん。ドーナツをひとつ食べたし、あそこにいるときも食べるものはもらえたし」

「どんなものをくれたの？」

「普通のもの。シリアルとか。グラハム・クラッカーとか」

「じゃあ、ここを出よう。うちへ連れていく。ピート伯父さんが来てるの」

「ピート伯父さん？」

「そう、ずっと手伝ってもらってたの」

「パパには話してないの？」

「うん」

「タミーのせい？」

レイチェルはうなずく。

「あの人たちに言われたんだけど、あたしが誰かに話したら、みんな危険な目に遭うかもしれないって」カイリーは言う。

「それはママも言われた。さあ、うちへ帰ろう」

「その前にトイレに行きたい」カイリーは言う。

「ママも一緒に行く」

「やだよ、ママ。だいじょうぶ」

「あんたから眼を離したくないの」

「やだ。トイレの中までついてきてほしくない。すぐだから」

レイチェルは〈ダンキンドーナツ〉のトイレまでカイリーについていき、ドアの外で待つ。ひとりしかはいれない男女共用のトイレだから、誰かが中にいてカイリーを窓から連れ去ったりはできないはずだが、たとえ数秒でも姿が見えなくなると不安でたまらない。

中年のレジ係がレイチェルの眼をとらえてくる。

「あれ、おたくの娘さん?」女は尋ねる。

「ええ」

「もう少しで警察を呼ぶところだったわよ。家出娘かと思っちゃった」

レイチェルはにっこりして、ピートにカイリーは無事だとメールする。

「十代になったら眼を離さないようにしないとね」とレジ係は言う。「難しい年頃だから。あたしにもわかる。娘が四人いるから」

「この子はあたしのすべてなの」とレイチェルは応じる。

女はうなずく。「ならどうしたって眼を離せないわね」

「そういうこと」

　カイリーがトイレから出てくると、レイチェルはカイリーを抱きしめる。ふたりは手をつないでガソリンスタンドをあとにする。

「うちに帰ったらあたし、ゆっくりと熱いシャワーを浴びたい」カイリーは車に乗りこむとそう言う。

「いいわよ。なんでもしたいとおりにして」

「すごく不潔な気分」

「だいじょうぶ？　変なことされた？　乱暴された？」

「されない……された。あの男の人に。昨日。今日って何曜日？」

「日曜の朝だと思う」

「脱走しようとしたら、ひっぱたかれた」カイリーは淡々と言う。

「うそ。たたかれたの？」レイチェルは訊きかえす。

「うん。でも、変なんだけど、男の人は悪い人じゃなかった。感じが悪かったのは女の人のほう。すごく怖かった」そう言うと、カイリーはまた泣きだす。

　レイチェルは娘をきつく抱きしめる。

「さあ、行こう。うちに帰りたい。イーライとピート伯父さんに会いたい」カイリーは言う。

　レイチェルはエンジンをかけ、ヘッドライトをつけ、車を南へ走らせる。

「それだけじゃないんだよ、ママ」カイリーが言う。

「何があったの？」レイチェルは最悪を予想する。

「はっきりはわからないけど、あの人たち警官を撃ったみたい。州警の人に止められちゃって、その人を撃ったみたい」

レイチェルはうなずく。「そういえば木曜の朝、ニューハンプシャーの州警察官が撃たれたってニュースがあったかも」

カイリーは息を呑む。「死んだの、その人？」

「よくわからない」レイチェルは嘘をつく。

「警察へ行かなくちゃ」カイリーは言う。

「だめ！　危険すぎる。みんな殺されちゃう。見つかって襲われる。あんたも、ママも、ピートも、パパも、みんな。あたしたちは何もしゃべれないし、何もできないの」

「じゃ、どうするの？」

「何もしない。口をつぐんで、やりすごす」

「だめだよ！」

「そうするしかないの。残念だけどね」

十分後、プラム島に帰りつくと、ピートがふたりを待っている。車からおりたカイリーを抱きしめ、持ちあげてくるくるとまわす。

「ハニー、無事でよかった！」そう言って、カイリーを連れて中にはいる。

ソファのカイリーの横にイーライが飛び乗ると、カイリーはイーライを抱きあげてキスをする。

「アミーリアは……」レイチェルはピートにささやく。

「眠ってる。おれは五分でむこうへ戻る。きみたちに会いたかっただけだから」ピートは答える。

「ピート伯父さん」とカイリーが言い、両腕を広げてもう一度ハグを求める。

レイチェルとピートはカイリーをはさんで腰をおろす。イーライはカイリーの膝の上でくつろぐ。**これは奇跡だ、そうとしか言いようがない。**レイチェルはそう思う。子供たちは帰ってくることもたしかにあるけれど、たいていの場合は帰ってこない。ことに女の子は。

「何があったか全部知ってる？」カイリーがピートに訊く。

「ああ、ママの手伝いをしてたからな」

「みんなでハグしよう」そう言いながら、カイリーはまた泣きだす。

ピートはふたりに腕をまわす。

「まだ信じられない」とカイリーは言う。「あそこに百万年いることになるのかと思った」

そのまま三人で座っていると、数分後にようやくカイリーは顔を上げてふたりに笑いかける。「おなか空いた」

「なんでも好きなものを言いなさい」レイチェルは言う。

「ピザ」

「すぐにチンしてあげる」

立ちあがってキッチンへ行こうとするが、カイリーはレイチェルを放そうとしない。

「だいじょうぶか、カイリー？」とピートが訊く。「乱暴されたのか？」

「うん。男の人を殴って脱走しようとしたあと、その人にひっぱたかれた。まじで痛かった」カイリーは言う。

「ほんとかよ」とピートは言い、体の脇で両拳を握りしめる。

「さぞ怖かったでしょうね」レイチェルは言う。

カイリーは話し、ピートとレイチェルはそれをじっと聞く。

カイリーはふたりに何もかも話して聞かせる。

ふたりはカイリーに好きなだけしゃべらせる。話したいのなら、話させてやろう。カイリーは黙りこむタイプではない。そのことをレイチェルはありがたく思う。娘の髪をなでながら、その勇気に微笑む。

それからレイチェルはピザを温め、ピートはアミーリアの様子を見にアペンゼラー邸に戻る。

カイリーは自分のものと再会しに寝室へ上がっていく。

「ママ、スチュアートとみんなにメールしてもいい？　それはだいじょうぶ？」

「いいけど、スチュアートには胃腸炎だったと言わなきゃだめよ、わかった？」

「わかったかも。で、パパにはなんて言うの？」

「ああ、そうだった、それがややこしいんだ。パパにはニューヨークに行ってたと言わなきゃだめなの」レイチェルはそう言って、カイリーの父親と祖母とタミーのからむ事情をすっかり説明する。

「あたしの携帯は？」

レイチェルはそれを渡してやる。「暗証番号がわからなかったから、あんたの代わりに偽メールを送れなかった」

「簡単じゃん。２１９４だよ」

「何それ？」

「ハリー・スタイルズの誕生日！　うわすごい、メールがごまんと来てる」

「みんなには病気だったって言わなくちゃだめよ」

「言うけどさ。月曜日には学校へ行きたい。あしたは何曜日？」

「月曜日」

「それはよしたほうがいいと思うな。ママはお医者さんにあんたをちゃんとチェックしてもらいたいの」

「だいじょうぶだよ。学校へ行きたい！　みんなに会いたい」

「ほんとにだいじょうぶ？」

「あたし、もう家に閉じこめられたくない」

「でも、スクールバスはだめよ、二度とね。ママったら何を考えてたのかな、自分でもわからない」

「ねえ、あたしのウサちゃんはどこ？　マシュマロはどこ行ったの？」カイリーは訊く。

「今夜持って帰ってきてあげる」

「なくなってない？」

「だいじょうぶ」

カイリーは友達全員にメールを送る。どうせみんな眠っているだろうが。それからレイチェルと一緒にベッドに横になり、お気に入りのユーチューブ動画を見る。アーハの〈テイク・オン・ミー〉のビデオ。モンティ・パイソンの〈フィッシュ・スラッピング・ダンス〉。ブロックハンプトンのビデオ五、六本。《我輩はカモである》の、グルーチョ・マルクスが鏡に映った自分の姿に不審を抱く場面。

「学校へ行きたい」

そのあとカイリーは、シャワーを浴びるからしばらくひとりにしてほしいと言い、三十分後に様子を見にいってみると、ぐっすり眠りこんでいる。レイチェルはカウチに倒れこんで涙を流す。

ピートは朝の六時に戻ってきて、暖炉に薪を二本くべる。

「むこうは問題なし？」レイチェルは訊く。

「アミーリアはまだ眠ってる」

ピートがコーヒーをポット一杯いれ、ふたりは暖炉の前に座る。

すべてが元どおりに戻ったように思える。メリマック川へと出ていく漁船。ボストンのクラシック音楽専門局から流れるバーンスタイン。ビニール包装されて家の前に届けられる《ボストン・グローブ》紙。

「あの子が帰ってきたなんて信じられない」とレイチェルは言う。「二度と会えないんじゃないかと何度も思った」

ふたりは薪がゆっくりと白くなって灰に変わるのを見つめる。レイチェルの携帯が鳴る。

〝発信者不明〟。彼女はスピーカーで電話に出る。

ひしゃげた声がする。〈チェーン〉が直接かけてきたのだ。「おまえの考えていることはお見通しだぞ。愛する者が帰ってくると、みな同じことを考える。人質を解放してこれにけりをつけられると考える。だが残念ながら、人はしきたりに逆らうことはできない。

しきたりとは何かわかるか、レイチェル？」

「どういうこと？」

「しきたりとは生ける根拠。昔からの習慣に対する生ける根拠だ。〈チェーン〉に逆らえば、おまえも家族もかならず〈チェーン〉に始末される。たとえ国を出て、サウジアラビアや日本へ行こうが。名前を変えて別人になろうが。われわれはかならず見つけ出す」

「わかった」

「本当にわかったか？　だといいが。まだ終わってはいないからな。これが終わるのは、おまえの採用した連中がやるべきことをヘマをせずにやり遂げ、さらにそいつらの採用した連中がやるべきことをヘマをせずにやり遂げたあとだ。〈チェーン〉からの脱退はもう何年も起きていないが、ないわけではない。みなこのシステムを出し抜けると考えるんだ。だが、できはしない。誰にもできないし、おまえにもできない」

「ウィリアムズ一家ね」

「試みた連中はほかにもいる。誰も成功していない」

「あたしは約束を守る」

「その言葉を忘れるな。今朝おまえの銀行口座に一万ドル振り込んだ。ダンリーヴィ夫妻が支払った金の一割だ。その金は、彼らが入金したのと同じビットコイン口座から引き出した。それをおまえは連邦当局にどう説明するかな。たとえわれわれの刺客から逃れられたとしても——まあ、いまのところは誰も逃れていないが——われわれがその情報を公にしたら、おまえは刑務所行きだ。証拠はすべて、おまえが知能的な誘拐犯一味の黒幕だということを示している。おまえは頭のいいやつだ。大局は見通せるよな？」

「ええ」

「よし。これでもうわれわれが話をすることは二度とないだろう。じゃあな、レイチェル、おまえと商売ができて楽しかったよ」

「あたしはそうは言えないけど」

「もっと悪い結果になっていたかもしれないんだぞ。もっとずっと悪い結果に」

電話が切れると、レイチェルは身を震わせ、ピートは彼女を抱きしめる。彼女はひどく青ざめて、弱々しく痩せこけ、心臓の鼓動がずいぶん速い。まるで靴箱に入れて看病している傷ついた小鳥のようだ。いつの日かふたたび空を飛べるようになってほしい。

36

日曜日、午後四時

カイリーがようやく階下におりてくる。片手にアイパッド、片手に携帯電話を持ち、肩にイーライを載せている。

「フェイスブックとインスタグラムとツイッターに百五十以上も通知が来てた」と努めて明るい口調で言う。

レイチェルはにっこりする。アルミ箔の帽子をかぶってソーシャルメディアを遮断するなんていったって、しょせんこのざまだ。カイリーも微笑みかえしてくる。**あたしたちはおたがい、相手のために演技をしているのだ、**とレイチェルは思う。「人気者ね、あんたって」

「スチュアートと話したよ。病気だっていう話をみんな信じてるみたい。おばあちゃんにもメールした。おばあちゃんはだいじょうぶ。あと、パパにもメールを送っといた」

「ごめんね、そんなことまでさせちゃって」

カイリーはうなずく。〝いいんだよ〟と言わないのは、友達や家族に対して嘘をつかされるのは〝よくない〟からだ。

「話す内容には気をつけた？」

「うん」

「ソーシャルメディアにひと言でも漏らしたら、世界中に見られちゃうんだからね」

「わかってるよ。誰にもしゃべっちゃいけないんでしょ？」

「そう……あんた、だいじょうぶ？」彼女はそう訊きながら、カイリーの顔をなでる。

「あんまりだいじょうぶじゃない」とカイリーは言う。「すごく怖かった、あそこ。あたしはこのまま――よくわかんないけど――消えちゃうんじゃないかって何度も思った。ほら、あれなんて言ったっけ？　ほかの人たちが部屋を出ていったら、その人たちはもう存在しなくなるって考えるあれ」

「独我論？」

「それがあたしにも、あの地下室で起こってるみたいな気がした。誰もあたしのことなんか考えてないんだから、あたしは存在しなくなってるんだって」

レイチェルは娘をきつく抱きしめる。「ママはずっとあんたのことを考えてたのよ！　毎秒、毎分、毎時間、毎日」

「それにさ、あのふたりにあそこへ置き去りにされちゃうんじゃないかって、何度も思った。あのふたりが、見つかったと思って逃げちゃったら、あたしは食べるものも水もなくなって、ひっそり死ぬことになるんだって」

「そんなことはママが絶対にさせなかった」とレイチェルは言う。「絶対に。何があろうとあんたを見つけ出した」

カイリーはうなずくが、真(ま)に受けていないのがわかる。どうすれば見つけ出せたというのか。見つけ出せたはずがない。永久に閉じこめられていたはずだ。

カイリーは戸口へ行って網戸越しに潮だまりを見る。

「あんたのそのビーチサンダル(フリップフロップ)、ほんとにペタペタ(フリップフロップ)いうね」レイチェルは気分を変えようとして言う。

カイリーは母親をふり返る。「ねえ、ママ？」

「なあに？」

「あの人たち、あたしを解放するのは、ママが〈チェーン〉をつなげたあとだって説明してたよ」

レイチェルは下を向く。

「ママ？」

レイチェルはごくりと唾を呑みこむ。これに関しては嘘をつくわけにいかない——嘘をついたら何もかもさらにひどいことになる。「そのとおりよ」と彼女は言う。

「てことは、待って、ママも……ママも……」カイリーは愕然として訊く。

「ごめんね。でも、でもしかたなかったの」

「じゃ、誰かを誘拐したわけ？」

「するしかなかったの」

「まだ捕まえてるの？」

「ええ。〈チェーン〉がつながるまでは解放できないから」

「うっそお！」とカイリーは眼を見ひらく。「どこに？」

「潮だまりのむこう側にあたしたち……ママが無人の家を見つけたの。地下室のある家を」

「いまもそこにいるわけ？　ひとりぼっちで？」

「ピートもそこにいる」

「男の子？　女の子？」

「あんたはなるべく知らないほうがいい」

「知りたい！」

「女の子」レイチェルはそう答えながら、恥辱の大波が全身を駆けめぐるのを感じる。

くそまみれの恥辱の大河を。

「帰してあげられないの？」

レイチェルはむかつきと逃走衝動をこらえ、目下の現実に自分を立ち向かわせる。カイリーの眼を見つめて首を振る。

「じゃあ──FBIに行って匿ってもらって、新しい身分をもらうとか、そういうことはできないの？」カイリーは訊く。

「そう簡単じゃないの。あたしたちは──あたしは──実際に人を誘拐しちゃったわけだから。刑務所へ送られちゃう。それにあんたも安全じゃなくなる。〈チェーン〉は一度も断ち切られたことがないっていうあいつらの言葉を、ママは信じる。あいつらはあたしたちがどこへ行こうと、かならず見つけ出すと思う。そんな危険は冒せない」

「あたし、その子に会ってもいい？　話をしてもいい？」

カイリーをさらに深みへ引きずりこむという考えに、レイチェルはぞっとする。「だめ、あんたは学校へ戻りなさい。これはママたちがなんとかする。ママとピートが」

「その子、なんていう名前？」

「あんたは知らないほうがいい」

「その子がマシュマロを持ってるの？」

「そう」レイチェルはカイリーを抱きしめようとするが、カイリーに押しもどされる。

「触んないで！」カイリーは言う。

「マシュマロは取り返してあげる――」

「そんなのどうでもいい！　マシュマロの話じゃない。ママのしたことだよ。よくも誘拐なんてできたね？　どうすればそんなまねができるの？」

「ママにもわからない。やるしかなかったの」

「その子に乱暴した？」

「いいえ。まさか」レイチェルはまたしてもあの嘘と恥辱の河を泳ぎながら言う。

「どうすればそんなまねができるの、ママ？」

「わからない」

カイリーは一歩ずつあとずさり、網戸にぶつかる。

レイチェルは自分の汚れた指の爪を見て、ガラスに映るみずからの姿に眼をやる。痩せこけた頭のおかしな預言者が、正気に返った元信者を会衆に引きもどそうとしているかのようだ。いや、ちがう。もっとたちが悪い。自分の娘を奈落へ引きずりこもうとしている悪魔だろう。優しく思いやりのある豊饒の女神とは正反対だ。あたしはカイリーに嘘をつかせた。カイリーを共犯にした。ふたりのあいだにできたこの亀裂は、いまに越えがたい隔たりになる。もはや元には戻れないだろう。

裏切られたカイリーの涙ぐんだ眼をレイチェルは見つめる。

あたりに硫黄（いおう）の臭気が漂っている気がする。そう、あたしたちはまだ地獄から脱出していない。脱出するには何カ月も、ことによると何年もかかるかもしれない。

　カイリーはすすり泣きを始める。「あたしを取りもどすために、やるしかなかったの？」

「そう」

「ママとピート伯父さんとで？」

「そう」

　カイリーはドアをあける。潮だまりから冷たい風が吹きこんでくる。

「外に出ない？」とカイリーは言う。

「寒いよ」

「毛布にくるまってればいいじゃん。あたし中にいたくない」

　ふたりはデッキに出る。

「あんたを抱いててもいい？」レイチェルはおずおずと訊く。

「うん」

　素直なほうのカイリーはそう答え、木製の安楽椅子に座る母親の膝に腰をおろす。ふたりは一枚の毛布にくるまり、レイチェルのローブの長い紐が臍(へそ)の緒(お)のようにまわりをめぐる。どちらも黙りこくったまま。じっと座っている。

　メリマック川のむこうに、ひと筋の赤と黄色の帯を残して日が暮れていく。あたりが暗くなり、星が瞬きはじめると、母と娘は夜の闇に呑みこまれる。長く恐ろしい夜になるだろう。

37

日曜日、午後十時四十五分

彼女の勘はあたった。〈チェーン〉はヘマをしでかそうとしている。いや、あたったのは一部だけだ。問題の種はレイチェル・クラインではない。ヘレン・ダンリーヴィでもない。シェイマス・ホッグだ。彼女はありふれたスパイウェアを用いてホッグ夫妻の携帯電話をミラーリングし、シェイマスのメールを盗み読みしていた。シェイマスはコネティカット州スタンフォードに住むトマス・アンダーソン・ホッグという伯父にメールを送り、明日の午前十時にスタンフォードの〈スターバックス〉で会えないかと尋ねていた。

これは一大事だ。トマス・アンダーソン・ホッグは引退した連邦保安官なのだから。

シェイマスは通報しようとしているのだ。

それも地元警察にではなく、なんと連邦保安官局に。

彼女は改めてレイチェルのデータを見る。つまらない女だが、これまでのところは驚くほど優秀な環だ。何もかもきちんとこなしている。身代金を迅速に支払い、追加の身代金も迅速に支払い、誘拐もみごとに成功させている。

文句のつけようがない。元義兄が協力している。こちらも興味深い男だ。海兵隊を名誉除隊しているものの、二〇一二年九月のバスティオン基地事件で処分を受けている。恩給なし。最低限の退役軍人給付だけ。二〇一七年にマサチューセッツ州ウースターで、ブラウンタール・ヘロイン一グラムを所持していたとして逮捕されている。起訴はのちに取り下げ。警察で撮影された顔写真を見ると、不安げな、むっつりした、老け顔の中年男だ。

別れた夫も協力しているのだろうか？

レイチェルの元夫のマーティ・オニールをグーグルで検索する。

おや、こちらはハンサムな男だ。ものすごくハンサムな。これまで出会ったことがないとは驚きだ。ボストンには望ましい独身男がきわめて少ない。ハーヴァード卒、弁護士、どこかのくだらないブロンド娘とつきあっている。ウースター生まれ、ボストン在住、大手法律事務所〈バナー・アンド・ウィトコフ〉のパートナー。そう、こいつが一家のブレーンだ。

なら、こいつらがちょっとした曲球(くせだま)をどう処理するか、お手並みを拝見しよう。

彼女はウィッカーにログインしてレイチェルにメッセージを送る。

〝ジェイマス・ホッグが離反しようとしている。通報するつもりだ。引退した連邦保安官の伯父にメールを送り、明日の午前十時にコネティカット州スタンフォードで会う予定になっている。もちろん、会わせてはならない。ダンリーヴィ夫妻がしくじったのだ。信頼できない標的を選んだのだ。彼らのしくじりは、レイチェル、おまえのしくじりでもある。人質を殺して別の標的をさらうか、さもなくばこの会見を阻止して、ダンリーヴィ夫妻とホッグ夫妻に〈チェーン〉からは脱けられないことを思い知らせるか。どちらかを実行しなければ、おまえも家族も報復を受ける。おまえがどこに住んでいるか、われわれは承知している。逃げ場はないぞ。どこへ逃げようとかならず見つけ出す〟

（下巻へつづく）

コールド・コールド・グラウンド

The Cold Cold Ground

エイドリアン・マッキンティ
武藤陽生訳

紛争が日常と化していた80年代北アイルランドで奇怪な事件が発生。死体の右手は切断され、なぜか体内からオペラの楽譜が発見された。刑事ショーンはテロ組織の粛清に偽装した殺人ではないかと疑う。そんな彼のもとに届いた謎の手紙。それは犯人からの挑戦状だった！　刑事〈ショーン・ダフィ〉シリーズ第一弾。

東の果て、夜へ

DODGERS

ビル・ビバリー

熊谷千寿訳

〔英国推理作家協会賞最優秀長篇賞／最優秀新人賞受賞作〕ＬＡに暮らす黒人の少年イーストは裏切り者を始末するために、殺し屋の弟らとともに二〇〇〇マイルの旅に出ることに。だがその途上で予想外の出来事が……。斬新な構成と静かな文章で少年の魂の彷徨を描いた、驚異の新人のデビュー作。解説／諏訪部浩一

ハヤカワ文庫

I Q

IQ

ジョー・イデ
熊谷千寿訳

〔アンソニー賞／シェイマス賞／マカヴィティ賞受賞作〕LAに住む青年〝IQ〟は無認可の探偵。ある事情で大金が必要になり、腐れ縁のドッドソンから仕事を引き受ける。それは著名ラッパーの命を狙う「巨犬遣いの殺し屋」を見つけ出せという奇妙な依頼だった！　ミステリ賞を数多く獲得した鮮烈なデビュー作

ハヤカワ文庫

ＩＱ２

Righteous

ジョー・イデ
熊谷千寿訳

亡き兄の恋人だった女性に依頼され、高利貸しに追われるＤＪジャニーンを助けることになった探偵〝ＩＱ〟。腐れ縁の相棒とともにジャニーンが住むラスベガスに向かうが、事態は深刻だった。中国系ギャングの情報を盗んで売ろうとした彼女は、今や極悪な犯罪者たちに狙われていたのだ！〈ＩＱ〉シリーズ第二弾

ハヤカワ文庫

弁護士の血

The Defence

スティーヴ・キャヴァナー
横山啓明訳

有能な弁護士だったフリンは、苛烈な裁判闘争に擦り切れ、酒に溺れた。妻と娘は彼から離れ、自身は弁護士も辞める。その彼の背中に押しつけられた銃。「法廷に爆弾をしかけて証人を殺せ、断れば娘を消す」——ロシアマフィアの残虐な脅迫。自分はどうなってもいい、娘のために闘う決意をした男が取ったのは……

解錠師

The Lock Artist

スティーヴ・ハミルトン

越前敏弥訳

〔アメリカ探偵作家クラブ賞最優秀長篇賞／英国推理作家協会賞スティール・ダガー賞受賞作〕ある出来事をきっかけに八歳で言葉を失い、十七歳でプロの錠前破りとなったマイケル。だが彼の運命はひとつの計画を機に急転する。犯罪者の非情な世界に生きる少年の光と影をみずみずしく描き、全世界を感動させた傑作

ハヤカワ文庫

熊と踊れ（上・下）

Björndansen

アンデシュ・ルースルンド＆
ステファン・トゥンベリ
ヘレンハルメ美穂＆羽根由訳

壮絶な環境で生まれ育ったレオたち三人の兄弟。友人らと手を組み、軍の倉庫から大量の銃を盗み出した彼らは、前代未聞の連続強盗計画を決行する。市警のブロンクス警部は事件解決に執念を燃やすが……。はたして勝つのは兄弟か、警察か。北欧を舞台に〝家族〟と〝暴力〟を描き切った迫真の傑作。解説／深緑野分

ハヤカワ文庫

制裁

ODJURET

アンデシュ・ルースルンド＆
ベリエ・ヘルストレム
ヘレンハルメ美穂訳

〈「ガラスの鍵」賞受賞作〉凶悪な少女連続殺人犯が護送中に脱走。その報道を目にした作家のフレドリックは驚愕する。この男は今朝、愛娘の通う保育園にいた！　彼は祈るように我が子のもとへ急ぐが……。悲劇は繰り返されてしまうのか？　北欧最高の「ガラスの鍵」賞を受賞した〈グレーンス警部〉シリーズ第一作

ハヤカワ文庫

ありふれた祈り

Ordinary Grace

ウィリアム・ケント・クルーガー

宇佐川晶子訳

〔アメリカ探偵作家クラブ賞、バリー賞、マカヴィティ賞、アンソニー賞受賞作〕フランクは牧師の父と芸術家肌の母、音楽の才能がある姉や聡明な弟と暮らしていた。ある日思いがけない悲劇が家族を襲い、穏やかな日々は一転する。やがて彼は、平凡な日常の裏に秘められていた驚きの事実を知り……。解説／北上次郎

ハヤカワ文庫

シンパサイザー（上・下）

The Sympathizer

ヴィエト・タン・ウェン
上岡伸雄訳

〔ピュリッツァー賞、アメリカ探偵作家クラブ賞受賞作〕ヴェトナム戦争が終わり、敗れた南の大尉は将軍とともに米西海岸に渡った。難民としての暮らしに苦労しながらも、将軍たちは再起をもくろむ。しかし、将軍の命で暗躍する大尉はじつは北ヴェトナムのスパイだったのだ！　世界を圧倒したスパイ・サスペンス

訳者略歴　早稲田大学第一文学部卒，英米文学翻訳家　訳書『拳銃使いの娘』ハーパー，『その雪と血を』ネスボ，『われらの独立を記念し』ヘンダースン，『わが名はレッド』スミス（以上早川書房刊）他多数

HM=Hayakawa Mystery
SF=Science Fiction
JA=Japanese Author
NV=Novel
NF=Nonfiction
FT=Fantasy

ザ・チェーン　連鎖誘拐（れんさゆうかい）
〔上〕

〈HM㊷-4〉

二〇二〇年二月二十日　印刷
二〇二〇年二月二十五日　発行
（定価はカバーに表示してあります）

著　者　エイドリアン・マッキンティ
訳　者　鈴木（すずき）恵（めぐみ）
発行者　早川　浩
発行所　株式会社　早川書房
郵便番号　一〇一 - 〇〇四六
東京都千代田区神田多町二ノ二
電話　〇三 - 三二五二 - 三一一一
振替　〇〇一六〇 - 三 - 四七七九九
https://www.hayakawa-online.co.jp

乱丁・落丁本は小社制作部宛お送り下さい。
送料小社負担にてお取りかえいたします。

印刷・三松堂株式会社　製本・株式会社フォーネット社
JASRAC 出2001234-001　Printed and bound in Japan
ISBN978-4-15-183304-5 C0197

本書は活字が大きく読みやすい〈トールサイズ〉です。